KB108177

너머스떼, 꼬뻴라 선생님!

너머스떼, 꼬뻴라 선생님!

초판 1쇄 인쇄   2014년 10월 30일
초판 1쇄 발행   2014년 11월 07일

지은이   전 미 영
펴낸이   손 형 국
펴낸곳   (주)북랩
편집인   선일영   편집   이소현, 김아름, 이탄석
디자인   이현수, 신혜림, 김루리, 추윤정   제작   박기성, 황동현, 구성우
마케팅   김회란, 이희정
출판등록   2004. 12. 1(제2012-000051호)
주소   서울시 금천구 가산디지털 1로 168, 우림라이온스밸리 B동 B113, 114호
홈페이지   www.book.co.kr
전화번호   (02)2026-5777   팩스   (02)2026-5747

ISBN   979-11-5585-360-3 03810(종이책)   979-11-5585-361-0 05810(전자책)

이 책의 판권은 지은이와 (주)북랩에 있습니다.
내용의 일부와 전부를 무단 전재하거나 복제를 금합니다.

이 도서의 국립중앙도서관 출판예정도서목록(CIP)은 서지정보유통지원시스템 홈페이지(http://seoji.nl.go.kr)와
국가자료공동목록시스템(http://www.nl.go.kr/kolisnet)에서 이용하실 수 있습니다.
(CIP제어번호 : CIP2014030999)

코이카(KOICA)를 통해 다녀온 네팔 해외봉사활동 경험담

너머스떼, 꼬삘라 선생님!

전미영 지음

북랩 book Lab

차례

네팔의 수도인 카트만두에 있는 트리뷰반대학교 비쇼바사 캠퍼스에서 3년 동안 한국어를 가르치는 일로 봉사 활동을 했습니다. 수업하느라 언어를 배우느라 그리고 문화와 종교, 기후에 적응하느라 1년을 보냈습니다. '한국문화축제'를 열고 '한-네-영 사전'을 만드느라 또 그렇게 1년을 보냈습니다. 아쉬운 마음에 1년 더 연장해서 봉사 활동을 하고 왔습니다.

한국과 네팔은 문화적인 차이도 크고 생활환경도 많이 다르다 보니 일상적인 생활은 쉽지가 않았습니다. 그러다 보니 날마다 도전해야 하는 일들이 많았습니다. 또 학교와 학생회에서 오해를 받거나 함께 일했던 동료와 다툼이 생겼을 때는 정말이지 마음 아프고 견디기 힘들었습니다. 그렇다고 마냥 힘들고 어려웠던 것만은 아니었습니다. 사랑하는 학생들이 늘 곁에 있었고 어떤 일이든 함께했습니다. 그리고 서로에게 힘이 되어 주는 든든하고 사랑스러운 동료들도 언제나 함께였습니다.

또 있는 그대로를 보고 받아들일 줄도 알고 절약하는 좋은 습관도 생겨났습니다. 무엇보다 이곳에서는 모든 것들이 귀하게 여겨졌습니다. 그리고 이유 없이 바쁘고 쫓기듯이 살아온 제 모습을 발견하게 되었고 그런 자신을 위로하고 격려할 줄 아는 여유로운 마음도 가지게 되었습니다. 봉사자로서 사람과 일을 대하는 자세와 행복한 삶 그리고 가치 있는 삶에 대해서도 깊이 고민해 본 시간이었습니다. 곰곰이 생각해보면 참 많은 것들을 배우고 얻은 것 같습니다.

이 책은 네팔에서 지낸 3년 동안, 봉사자로서의 활동과 경험 그리고 소소한 일상을 기록한 것입니다. 학생들과 함께했던 시간만큼 그만큼의 추억과 사랑이 쌓였습니다. 그 어느 때보다도 소중하고 행복했던 시절이었습니다.

네팔은 나의 운명:
해외봉사단원이 되기까지

세족식

나는야 불합격에 후보자 신분

반복되는 일상에 무력감을 느끼는 날이 점점 많아졌습니다. '쉼'이 필요했고 '멈춤'이 필요했습니다. 휴가를 얻어 여행을 떠났습니다. 무엇 때문에 그렇게 마음 졸이며 쫓기듯 정신없이 살았을까요. 훌쩍 떠나오니 바둥대며 살아가고 있는 제 모습이 보이기 시작했습니다. 한 발치 물러서서 보면 사실 아무것도 아니었던 것을. 여행이 끝나갈 무렵 이젠 정말 자신이 간절히 원하는 삶을 살아야겠다는 생각을 했습니다. 제가 간절히 원하는 삶은 어떤 삶이었을까요? 본격적인 고민은 여행을 다녀온 후부터 시작되었습니다.

해오던 익숙한 일을 그만두고 새로운 일을 시작할 때면 항상 자신에게 하는 질문이 있습니다. 첫째는 '나는 무엇을 잘하고 또 좋아하는가?' 둘째는 '어떤 일을 할 때 보람과 가치를 느끼는가?' 그리고 선택한 일이 '사회와 공익을 위한 일인가?'입니다. 그럴 때면 언제나 드는 한 생각이 있습니다. 봉사를 업(業)으로 삼아도 좋겠다는 것입니다. 적성에도 맞고 보람도 느끼고 사회와 공익을 위한 일이기도 하기 때문입니다. 오래전부터 이런저런 봉사 활동을 해오던 참이었지만 용기를 내해외 봉사 활동에 도전해 보기로 마음먹었습니다. 무언가를 다시 시

너머스떼, 꼬빌라 선생님!

작한다는 것은 설렘보다 두려움이 앞서는 일이긴 하지만 그래도 새로운 도전은 언제나 신나고 즐거운 일입니다.

KOICA(코이카: 한국국제협력단)에서 주관하는 '2009년 제2차 해외봉사단 모집'에 지원했습니다. 서류 심사는 통과했지만 2차 시험인 면접에서 불합격 통보를 받았습니다. 그러나 며칠 뒤 3차 일반봉사단 전형 대상자(신체검사대상자)로 선정되었다는 문자와 메일을 받았습니다. "3차 일반봉사단은 2차 일반봉사단의 합격자로 대체하고, 면접 전형 성적, 신용조회 및 신체검사 결과를 종합 고려하여 60명을 선발할 계획"이라고 했습니다. 상황적으로는 이해가 되지 않았지만 일단 신체검사를 받고 기다려보기로 했습니다.

3월 25일은 최종 합격자 발표가 나는 날입니다. KOICA 홈페이지에 들어가 해당 파일을 열었더니 파란색 큰 글씨로 "축하합니다"라고 쓰여 있었습니다. 괜히 마음이 설렜습니다. 순간의 기쁨도 잠시, 합격자 명단에는 제 이름이 보이지 않았습니다. 혹시나 해서 다시 확인해 보니 제 이름은 후보자 명단에 있었습니다. 지원자 중 결원이 생겨야만 가능한 후보자 신분이지만 그래도 괜찮았습니다. 이번에 기회가 오지 않으면 다음에 또 지원하면 되니까요.

후보자인 저에게도 기회가 올까요? 그래도 간절한 마음으로 기다렸습니다. 일정에 의하면 4월 14일부터 국내 훈련이 시작되는데 훈련 입소 대상자 발표 후 열흘이 지났는데도 아무런 연락이 없었습니다. 지금이 그 기회였으면 하고 바라던 어느 날 담당자로부터 전화가 왔습니다. 파키스탄에 있는 국립 외국어대학교에 갈 수 있느냐고 물었습니다. 그리고 이어서 오늘 중으로 결정해서 연락을 달라고 했습니다. 갑작스러운 전화를 받고 잠시 생각에 잠겼습니다. 파키스탄이라! 이슬람 국가, 여성에 대한 인권의식이 없는 나라, 영국과 인도에서 분리 독립한 지 얼마 되지 않은 나라, 순간적으로 떠오른 파키스탄에 대한 상식은 이게 전부였습니다.

짧은 시간 동안에 떠올랐던 생각들을 정리해 보았습니다. 그래, 파키스탄이라는 나라가 중요한 게 아니지. 해외 봉사 활동을 가겠다고 마음먹은 사람이 나라를 가릴 일은 아니었습니다. 보내준다면 어디든 가야 한다는 생각에 이르자 곧바로 전화를 걸어서 가겠다고 했습니다. 국내 훈련이 시작되는 날까지 일주일 정도 남아 있었습니다. 주변 정리의 속도가 빨라졌습니다.

파키스탄을 배정받으셨던 "시니어 154○○ 이○기"씨 덕분이었습니다. 기회를 주신 그분께 참으로 감사했습니다. 한 번은 불합격 또 한 번은 후보자 신분이었습니다. 1월 7일 지원서 제출 이후 만 3개월, 그간의 마음 졸였던 일들이 일소되는 느낌이었습니다. 발표가 날 때마다 결과에 따라 울고 웃었던 기억은 이제 지난 일이 되어버렸습니다.

우여곡절 네팔 입성기

국내 교육을 받기 위해 서울 양재에 있는 한국해외봉사교육원에 입소했습니다. 파견국이 파키스탄인 교육생은 저를 포함해 모두 다섯 명이었습니다. 동현이와 근우 그리고 성우와 영주는 모두 대학과 대학원에 재학 중이었던 학생 신분으로 지원한 협력요원(군 복무 대체제도)이었습니다. 저는 일반 봉사단원이었고 유일한 여자단원이기도 했습니다.

우리는 파키스탄의 언어인 우르두어(Urdu語)를 배웠습니다. 함께 공부하는 데는 별 무리가 없을 거라 생각했는데 나이는 속일 수 없는 건가 봅니다. 마흔이 넘은 나이에 그것도 낯선 나라의 언어를 배운다는 것은 쉬운 일이 아니었습니다. 훈련소 생활은 꽉 짜인 일정으로 짬을 내기가 어려웠습니다. 그러다 보니 예습은커녕 숙제해 가는 것도 힘이 들었습니다. 시험도 잦았는데 그럴 때마다 나머지 공부를 해야 했고 젊은 친구들에게 도움도 받아야 했습니다. 언어 습득의 속도는 여전히 늦어 마지막 시험까지 어렵게 치러야만 했습니다.

기상 음악과 동시에 일어나자마자 TV를 켜는 일은 습관이 되었습니다. 바깥일을 알 수 없으니 뉴스라도 보려고 말입니다. 4월 말쯤이었던 걸로 기억됩니다. '파키스탄, 내전으로 인한 대량 난민 발생'이라는 제목으로 연일 아침 뉴스에 보도되고 있었습니다. 파키스탄 서북부 지역에서 파키스탄 정부군과 탈레반 무장세력 간의 분쟁으로 폭력사태가 격화되어 내전은 갈수록 악화되었습니다. 파키스탄의 내전에 관한 소식은 훈련 기간 내내 끊이지 않았습니다. '1994년 르완다 이래로 최악의 난민이 발생할 것'이라는 유엔의 관측도 있어 모두 불안한 마음을 감출 수는 없었습니다.

훈련소 퇴소를 며칠 앞둔 어느 날, 교관이 파견국이 파키스탄인 우리를 사무실로 불렀습니다. 내전 소식이 끊이지 않으니 파견하지 못할 상황에 대비해 희망하는 국가와 기관을 적어내라고 했습니다. 고민 끝에 첫 번째로 콜롬비아 통상산업관광부, 두 번째로 파라과이 아순시온 국립대학 언어교육원, 세 번째로 중국 중산대학 순으로 정해서 제출했습니다.

훈련소에서의 마지막 날, 퇴소식을 마칠 때까지도 임지는 정해지지 않았습니다. 퇴소식이 끝나고 추적추적 내리는 비를 보며 동기들을 모두 떠나보내고 새로운 임지가 결정될 때까지 기다려야 했습니다. 영주와 근우 그리고 동현이는 파라과이로 성우는 스리랑카로 결정되어 모두 짐을 꾸려 집으로 돌아갔습니다. 모든 훈련생이 돌아간 후 훈련소 사무실에서 기다리고 있는데 교관이 와서 콜롬비아도 파라과이도 중국도 아닌 네팔을 가라고 합니다. 꼭 가보고 싶었던 나라이기는 하지만 '왜 하필 지금일까?'하는 생각을 잠시 했습니다. 네팔어를 배워야 한다는 걱정이 먼

국내 훈련 수료 후 동기생들과 함께 기념촬영

저 앞서기는 했지만 그래도 감사하는 마음으로 따르기로 했습니다.

파견국이 네팔이었던 단원은 6명이었는데 제가 합류하게 되면서 모두 7명이 되었습니다. 네팔로 떠나기 전에 모임을 가진다는 소식에 무조건 참석한다고 했습니다. 신고식도 해야 하고 언어 공부에 대한 도움도 받아야 했기 때문입니다. 네팔로 떠나기 아흐레 전, 서울 동대문 부근에 있는 한 네팔 식당에서 우리는 만났습니다. 저는 배운 적이 없지만 훈련소에서 네팔어를 가르쳐 주셨다는 쁘라까스 선생님도 오셨습니다. 훈련은 함께 받았지만 파견국이 달라서 서로 가까이 지내지는 못했습니다. 그러나 모두 편하게 대해줘서 서먹서먹한 마음은 잠시뿐이었습니다. 우리는 네팔의 대표 음식인 달밧*을 함께 먹으면서 이런저

---

* '달'은 우리나라의 쥐눈이콩보다는 작고 녹두와 비슷하게 생긴 콩인 렌즈콩(렌틸콩)으로 만든 수프를 말하며, '밧'은 밥을 말합니다. 여기에 떨까리(야채)와 어짤(김치)을 곁들여서 먹는데 흔히 '달밧' 또는 '달밧떨까리'라고 부릅니다.

런 얘기를 나누었습니다. 짧은 신고식이었지만 함께 갈 단원들의 얼굴을 보고 나니 한결 마음이 편안해졌습니다.

봉사하겠노라고 굳게 마음을 다진 터라 어느 나라를 가건 저에게는 중요한 일이 아니었습니다. 그러나 가야 할 곳의 언어를 배우고 문화를 배우는 준비 기간을 가질 수 없었던 것은 아쉬움으로 남게 되었습니다. 우여곡절 끝에 드디어 2009년 5월 28일 목요일, 네팔에 입성하게 되었습니다.

너머스떼, 꼬빌라 선생님!

현지 적응훈련과 기관 파견

하늘에서 내려다본 네팔의 모습은 참 이국적이었습니다. 희뿌연 구름 사이로 나타나는 산길은 구불구불 어딘가로 이어지고 산속 집들은 듬성듬성 외떨어진 섬처럼 보였습니다. 카트만두 상공에서 본 밸리의 건물들은 온통 붉은빛이었습니다. 비행기가 트리뷰반공항에 착륙했습니다. 후텁지근한 공기가 코끝에 와 닿았습니다. 우기가 시작된다는 5월 말, 간간이 빗방울이 떨어지기 시작했습니다. 어디선가 바람결에 묻어온 오이풀 냄새에 몸도 마음도 맑아짐을 느낍니다.

짐을 찾는데 가방 하나가 보이지 않습니다. 마중 나온 관리요원이 혹시 모르니 조금 더 기다려보자고 했습니다. 같은 비행기를 타고 왔던 사람들은 모두 공항을 빠져나갔고 한참 후에야 남겨진 가방 하나를 들고 사무소 식구들이 나타났습니다. 같은 회사의 같은 크기, 같은 색깔의 가방이었지만 제 것은 아니었습니다. 가방 하나 때문에 사무소 식구들은 분주히 오가고 동기들은 결국 공항에서 1시간 넘게 발이 묶였습니다. 같아 보이지만 다른 가방을 들고 결국 호스텔로 향하는 차에 올랐습니다.

가방을 찾느라 1시간여를 기다리는 불미스러운 일은 있었지만 일행을 태운 차가 달리기 시작하면서부터 가방 잃어버린 것은 언제 적 일인 양 잊어버리고 바깥 구경에 몰두하고 있는 자신을 봅니다.

바그머띠 강을 따라 숙소로 가는 길에서 만난 네팔의 첫 느낌은 충격 그 자체였습니다. 비포장도로 길가에는 사람 키 높이만큼 쌓인 쓰레기 더미와 그곳에서 쓰레기를 뒤지고 있는 사람들, 줄줄이 이어져 있는 낮은 천막집, 날리는 마른 먼지와 강에서 나는 지독한 냄새, 뙤약볕에서 이글거리며 피어오르는 아지랑이에 현기증과 구토증이 일었습니다.

네팔은 제가 무척이나 동경하던 나라였습니다. 하지만 그와는 아주 다른 모습으로 다가왔습니다. 환상은 있게 마련이지만 처음 마주한 네팔의 모습에 당혹감을 감출 수는 없었습니다. 그도 그럴 것이 TV에서 보아온 네팔은 대부분 눈 덮인 히말라야와 자연의 모습 그대로였으니까요. 놀라는 우리를 보며 안심시키려는 듯 "큰길이 막힐까 봐 돌아서 가는 거예요."라고 관리요원이 말해 주었습니다. 네팔의 일상으로 들어온 것 같은 느낌이랄까요! 앞으로의 생활이 내심 걱정되기도 했습니다.

큰 소리로 수다를 떨고 있는 이름 모를 새들과 요란한 까마귀 소리, 거기다 큰 웃음소리에 못 이겨 잠에서 깼습니다. 네팔에서 맞는 첫날 아침입니다. 마당을 거닐고 옥상에 올라가 주변을 둘러보고 훤히 내려다보이는 마당이 넓은 옆집도 구경했습니다. 우리가 앞으로 훈련을 받게 될 이 호스텔은 임대한 것이라는데 옆집에 사는 아저씨

너머스떼, 꼬빌라 선생님!

카트만두 트리뷰반국제공항 입국 환영 기념

호스텔

가 주인이라고 했습니다. 그럼 조금 전에 큰 소리로 웃었던 사람은 바로 주인장 부부! 부부는 웃음치료 중인가 봅니다. 어색한 저 웃음소리, 듣고 있노라니 저도 모르게 절로 웃음이 납니다.

이틀이 지나도 가방은 감감무소식입니다. 이제 마음을 조금씩 비워야겠다고 생각할 무렵, 사흘째 되던 날 결국 찾았습니다. 백방으로 뛰어다니면서 가방을 찾아준 사무소 식구들과 또 가방 찾기를 함께 염원해 주었던 동기 단원들에게도 감사했습니다.

현지 적응훈련은 8주간에 걸쳐 이루어졌습니다. 교육이 없는 일요일을 빼고 매일 오전 6시에 일어나 요가로 하루를 시작했습니다. 오전에는 주로 현지어 학습을 했고, 오후에는 네팔 문화에 대한 강의를 듣고, 문화 탐방과 기관 탐방을 하고, 현지 생활 적응을 위한 미션을 수행했습니다. 휴식 시간에는 주로 배드민턴과 탁구를 쳤고, 쉬는 날인 일요일에는 한인교회에 가서 예배를 드렸습니다. 동기생 대부분이 기독교 신자였기 때문입니다.

네팔에 온 지 한 달째 되던 날 문화 탐방으로 화장터가 있는 뻐슈뻐띠나트 사원을 둘러보고 왔습니다. 처음 보는 화장장 풍경이었습니다. 비는 추적추적 내리고 있었고 세 구의 시신은 타고 있었으며 방금 들어온 듯한 한 구의 시신은 세속의 옷을 막 벗겨 내고 있었습니다. 내리는 비로 눅눅해진 공기와 시신과 장작 그리고 마른 짚이 타는 묘한 냄새로 속이 매스꺼웠습니다. 모두 이곳을 빨리 떠나고 싶어 하는 눈치였습니다. 화장장 구경하느라 정작 사원 구경은 제대로 못 했습니다. 머무른 짧은 시간 동안 많은 생각을 하게 해주었던 화장장은 무척 인상 깊은 곳이었습니다.

호스텔로 돌아와 몸부터 씻고 저녁을 먹으려고 동기생들 모두 식탁에 둘러앉았는데 그때까지도 냄새는 가시지 않았습니다. 그날 일기장에는 이렇게 적어 놓았습니다. "취할 것과 버려야 할 것들을 잘 구분하자. 불필요한 것들에 욕심내지 말자. 그리고 더욱 자유로워지자."라고.

현지 적응훈련에는 두 주간의 OJT(On the Job Training) 프로그램이 포함되어 있습니다. 그 기간에는 홈스테이를 하면서 파견기관에 출근해 업무를 파악하고 앞으로 해야 할 일을 계획하게 됩니다.

파견 기관인 트리뷰반대학교 비쇼바사 캠퍼스(Tribhuvan University Bishwa Bhash Campus: Campus of International Languages)는 네팔의 수도인 카트만두에 있습니다. 카트만두는 네팔의 중부지역으로 카트만두 계곡(Kathmandu Valley)에 있으며 3,442,271명(http://ko.wikipedia.org, 2009년 기준)의 인구가 살아가고 있는 곳입니다. 카트만두 밸리는 링 로드(반지 모양의 도로)를 중심으로 안과 밖으로 나누며 행정적으로는 카트만두, 라리풀(파탄), 박터풀 세 지역으로 나눕니다. 카트만두, 라리풀, 박터풀은 옛 왕궁과 광장이 있는 곳으로 관광명소이기도 합니다.

비쇼바사 캠퍼스는 국제 언어 교육기관으로 14개의 외국어 강좌가 개설되어 있습니다(한국어, 영어, 일본어, 중국어, 스페인어, 독어, 불어, 네팔어 등).

1975년에 개교하였고 한국어학과에는 1996년부터 KOICA 단원이 파견되어 지금에 이르고 있습니다. 2년제 4학기(초중급) 과정으로 수료한 학생들은 가이드, 여행사 운영, NGO 활동가, 유학생, 개인 사업, 기자, 학원 강사 등의 직업에 종사하고 있습니다. 매 학기 등록 인원은 약 200여 명 정도이며 2008년 고용허가제(EPS: Employment Permit System) 시행으로 학생들에게는 인기가 많은 학과이기도 합니다.

비쇼바사 캠퍼스는 네팔 국내에서 유일한 국제 언어 교육기관이지만 한국어학과는 정식 학과는 아닙니다. 한국식으로 따지자면 어학당 정도가 되겠죠. 한국어학과에는 모두 다섯 명의 선생님이 있습니다. 네팔 선생님 세 분은 1, 2급 반 수업을 그리고 중급반인 3, 4급 반 수업은 KOICA 단원 2명이 학생들을 지도하고 있습니다. 한국어학과 개설이 절실히 필요한 때이지만 많은 사람들의 노력에도 불구하고 아직 성과를 내지 못하고 있습니다.

훈련 기간 동안 말로만 들었던 번더(시위나 파업)를 봤고, 샤워를 하다가 물이 떨어져 물차를 불러야 했고, 3루피(Rupee)나 5루피를 내야 사용할 수 있는 화장실 문화도 그리고 정전도 경험했습니다. 그렇습니다. 여기는 한국이 아니라 네팔이었습니다. 점점 네팔에 있다는 사실이 실감 나기 시작했습니다.

7월 22일 8주간의 현지 적응훈련을 마치고 다음 날, 비쇼바사 캠퍼스에 첫 출근을 했습니다.

너머스떼, 꼬빌라 선생님!

학교 정문과 본관 모습

본관 뒤편에 있는 옛 건물

더불어 살기:
가르치면서 배우기

한–네–영 사전

첫 출근, 첫 수업에 대한 기억

한 나라의 언어를 배운다는 것은 그 나라의 문화를 배운다는 것입니다. 바꾸어 말하면 언어를 가르친다는 것은 그 나라의 문화를 가르친다는 것입니다. 외국인들에게 한국어를 가르친다는 것 그리고 문화를 가르친다는 것은 참 어려운 일이라 생각합니다. 저도 학생들과 같은 처지라는 생각이 듭니다. 한국어를 잘하고 싶어 하는 학생들 못지않게 저 역시 네팔어를 잘하고 싶으니까요.

첫 출근을 하는 날, 학교는 마오이스트 학생회와의 마찰로 여전히 어수선했습니다. 다행하게도 학교 문은 열려있었습니다. 학교가 언제 정상화될는지는 알 수 없는 상황, 누구에게 물어봐도 아직은 모른다는 대답뿐이었습니다. 학장님에게 인사를 드리러 갔는데 학장실 문은 굳게 닫혀있었고 교직원으로 보이는 한 분이 "학장님은 지금 병원에 입원 중"이라고 넌지시 말해주었습니다. 장황하게 이어지는 그의 이야기를 다 알아들을 수는 없었지만 짐작건대 학생회와 물리적인 마찰이 있었던 것 같았습니다. 그러나 지금의 사태가 어느 정도 심각한 것인지는 가늠하기가 어려웠습니다. 선임자나 선배들에게 들어서 익히 알고는 있었지만 낯선 나라, 낯선 환경을 대하고 나니 두렵기도 했습니다. 첫 출근인데다 학교가 처한 상황도 알 수 없으니 당분간은 지켜볼 수밖에요.

출근 후 일주일이 지났지만 상황은 달라진 게 없었습니다. 정상적인 학사 운영이라면 6월 중순이면 학기가 끝나고 9월 초면 새로운 학기가 시작되어야 합니다. 그러나 학내 사태로 8월 초가 되도록 아직 지난 학기 기말시험도 치르지 못하고 있는 실정입니다.

한국어학과의 과정은 2년제 4학기입니다. 첫 학기 1급 반으로 입학해 중간시험과 기말시험을 통과하고 나면 2급 반에서 공부할 수 있게 됩니다. 한국어학과는 1급부터 4급까지 있기 때문에 정상적으로 학교를 졸업하려면 2년은 다녀야 합니다. 물론 레벨 테스트를 거쳐 첫 학기부터 2급 반에서 공부하는 학생들도 있지만 그리 많지는 않습니다.

예년보다 두 달 정도 늦어진 이번 여름 학기 시험 일자는 8월 11일과 12일 그리고 토요일과 일요일인 15일과 16일로 잡혔습니다. 학내 사태로 학사 일정이 미뤄진데다 9월이면 겨울 학기가 시작되기 때문에 학교 측에서는 급하게 시험 날짜를 잡은 듯했습니다. 학기말 시험은 모두 나흘 동안 치러지는데 첫날은 문법, 둘째 날은 이해하기와 받아쓰기, 셋째 날은 듣기와 읽기(또는 작문), 마지막 날은 말하기를 테스트합니다. 4급 반 시험에 응시한 학생은 모두 여섯 명이었습니다. 가르치지는 않았지만 시험 감독과 채점을 맡게 되었습니다. 시험 결과 모두 6명의 학생 중 4명은 합격하고 2명은 불합격했습니다.

2009년 9월 1일, 겨울 학기 개강하는 날입니다. 설레는 마음으로 학생들을 맞았습니다. 그날 수업을 들으러 온 학생들은 모두 두 명이었습니다. 3급 반에서 시험에 합격한 학생이 20명쯤 된다고 들었는데 10%의 학생만이 학교에 온 것입니다. 첫날이니 미리 온 학생들과 함께 교실에서 기다리기로 했습니다. 1시간이 지났지만 학생들은 더는 오지 않았습니다. 다음 날 오전 7시부터 8시 30분 사이에 온 학생은 모두 네 명이었습니다. 그다음 날은 공휴일이라 학교가 쉬는 날이었고 나흘째 되던 날 학교에 온 학생들은 모두 열 명이었습니다.

　　첫 수업은 결국 개강 후 나흘 만에 이뤄졌습니다. 수업 내용은 한국어로 '자기소개'하기, 먼저 제 소개를 했습니다. 그리고 학생들에게 자기소개를 해보라고 했습니다. 3급 반까지 배웠던 실력을 좀 보여 달라고 말입니다. 4급 반은 중급반입니다. 학생들이 어느 정도의 한국어 실력을 갖추고 있는지 무척이나 궁금했습니다. 생각보다 학생 개개인의 수준 차이는 컸습니다.

　　모두의 자기소개가 끝나고 수업시간을 정하는 문제로 서로의 의견을 나누기로 했습니다. 의견이 분분합니다. 오전 6시 30분, 오전 7시, 오전 8시 30분, 오전 10시, 오후 5시 등에 수업을 하자네요. 다수결의 원칙을 따르기로 규칙을 정하고 학생들이 원하는 시간대를 거수로 확인했습니다. 결과에 따라 오전 6시 30분으로 결정했습니다. 학생들이 원하는 것이니 마땅히 들어주어야겠지요.

멀티미디어실과
한국어학과 사무실

  사실 우리 학교의 첫 수업은 오전 7시에 시작됩니다. 한국어를 배우는 학생들의 열정 때문이었을까요? 아니면 학생들에겐 한없이 마음 약한 선생이어서 일까요? 결론이 났으니 더는 재론이 없어야 하는데 8시 30분에 하자는 학생들이 문제를 제기했습니다. 두 반으로 분반을 하자고 말입니다. 등록생이 30명을 넘으면 분반해야 합니다. 하지만 3 급 반에서 올라온 학생들이 다 등록을 한다고 해도 20명 내외인데다 또 처음으로 하는 수업이라 두 번 하는 것은 무척 부담스러운 일이었 습니다.

좀 더 합리적인 방법으로 풀어야겠다는 생각이 들어 1, 2급 반에서 한국어를 가르치는 두 분의 네팔 선생님을 찾아가 통역을 부탁드렸습 니다. 학생들의 의견을 충분히 들은 후 두 반으로 분반하는 것은 어려 우니 오전 6시 30분, 오전 7시로 압축해서 거수로 결정하기로 다시 합 의했습니다. 수업은 오전 6시 30분에 하는 것으로 재차 결정이 났습 니다. 예상치 못했던 첫 번째 관문을 무사히 통과한 것 같아 무척 뿌 듯했습니다. 합리적인 절차로 결정을 내렸고 그 결과에 만족한다는 학생들의 대답을 들었기 때문입니다. "그러면 주말 잘 쉬고 다음 주 월요일에 만나자."라고 약속을 하고 학생들과 헤어졌습니다.

월요일 수업을 끝내고 오전 8시를 조금 넘긴 시간, 차 한잔 하려고 교실 문을 나서려는데 학생 몇 명이 8시 30분 수업을 들으러 왔다면 서 인사를 했습니다. 아뿔싸! 소통이 얼마나 어려운 것인지 그때야 알 았습니다. 수업 들으러 온 학생들을 돌려보낼 수는 없는 일이었습니 다. 결국 첫 학기는 학교가 문을 열지도 않는 오전 6시 30분에 그리고 8시 30분, 두 개 반으로 나눠서 수업을 해야 했습니다.

너머스떼, 꼬빌라 선생님!

하나 되기 위한 노력

한국어 수업은 대개 오전 9시면 끝이 납니다. 수업을 마치고 나면 대부분 학생들은 직장에 갑니다. 학생들의 직장 출근 시간은 보통 오전 10시입니다. 학생들과 함께 차 한잔 나눌 수 있는 시간이 있어서 무척 다행스러웠습니다. 우리는 수업이 끝나면 어김없이 찻집으로 가서 차를 마셨습니다.

어느 날 4급 반인 우리 반에서 공부하고 있는 러젠드라가 말했습니다. 한국 선생님과 차를 마시는 일은 매우 드문 일이라고 말입니다. 좀 의아하기도 했지만 한편으로는 또 이해가 되기도 했습니다. 그 이야기를 들은 때부터 학교를 떠나는 날까지 아니 네팔을 떠나는 날까지 학생들과 함께 차를 마셔야겠다는 생각을 했습니다.

차는 학교 앞에 있는 공원인 빌꾸띠먼덥이나 학교 정문 부근에 있는 찻집 또는 학교 안에 있는 매점에서 마십니다. 차를 마시면서 이런저런 이야기를 나눕니다. 수업시간에 하지 못했던 질문이나 혼자서 공부하다 생긴 의문, 숙제 그리고 사적인 이야기가 주를 이룹니다. 대부분의 학생들은 한국어를 알고 있는 것보다 표현하는 능력이 부족합니다. 한국 사람을 만나는 게 쉽지 않은가 봅니다. 그 이유로 줄곧 학생들과 함

야외 수업

학교 앞 찻집에서

께 차를 마셔왔는지도 모르겠습니다. 어찌 보면 학생들에겐 제가 유일한 한국 선생이자 가장 자주 만나는 한국 사람일 테니까요. 사제지간, 참 어려운 관계일 수도 있겠지만 저는 학생들에게 편안하고 친구 같은 선생이 되고 싶었습니다.

날씨가 좋은 날에는 교실에서도 히말라야가 보입니다. 학생들도 모두 제 마음과 같은가 봅니다. 야외 수업을 하자고 조르네요. 못 이긴 척하면서 따라나섭니다. 차를 한잔 시켜 놓고 잔디밭에 앉았지만 수업이 될 리는 만무합니다. 옹기종기 모여앉아 깔깔대는 학생들, 몸을 녹여주는 따스한 햇볕, 그 햇살에 실려 오는 바람 냄새와 살갗에 닿는 감촉 그리고 소소한 이야기보따리를 어눌한 한국말로 풀어내는 학생들의 모습을 보고 있노라니 기분이 참 좋습니다.

일 년에 한두 번은 간식을 챙겨 들고 소풍을 갑니다. 함께 어울려 춤도 추고 노래도 부릅니다. 카트만두 시내에 있는 관광지도 여행하고 카트만두 주변 산행도 여러 번 다녀왔습니다. 학생들과 가까이 지

너머스떼, 꼬빌라 선생님!

낸다고는 하지만 학생들의 형편을 속속들이 알 수는 없는 일입니다. 그래서 시작한 것이 학생들의 가정이나 일터를 방문하는 일이었습니다. 학생들이 왜 그토록 한국에 가고 싶어 하는지 가정형편은 어떤지 무척 궁금했기 때문입니다. 학생들의 형편을 알아야 작은 도움이라도 줄 수 있을 것 같아서 말입니다.

매주 금요일은 한국 문화를 배우는 시간으로 노래도 배우고 영화 감상도 하고 전통놀이 체험도 합니다. 그리고 수업 후에 별다른 약속이 없는 날에는 멀티미디어실에서 한국 영화를 감상하기도 합니다. 또 좋은 한국 노래를 선곡해서 학생들에게 들려줍니다. 학생들은 배우고 싶은 노래를 정해서 저에게 알려줍니다. 통기타에 맞춰 부르기도 하고 음악에 맞춰 큰 소리로 따라 부르기도 합니다. 지난 설날, 그냥 보내기에는 아쉬워 학생들과 윷놀이를 했습니다. 진 팀은 차와 간식을 사기로 했습니다. 학생들이 무척 좋아하고 즐거워해서 저도 덩달아 신이 났던 하루였습니다.

수업에 대한 경험이 쌓이다 보니 조금은 여유로워져서 사물놀이를 가르치게 되었습니다. 신명이 많은 선커르씨는 장구 장단을 제법 잘 칩니다. 저도 옆에서 꽹과리를 칩니다. 어느새 북과 징을 든 학생들이 모여듭니다. 금세 온몸이 땀으로 흠뻑 젖었습니다. 다른 학생들도 장단에 맞춰 다들 어깨를 들썩이며 덩실덩실 흥겹게 춤을 춥니다. 배운 지 얼마 되지 않아 장단이 맞을 리는 없겠지만 그래도 다들 신이 나는 모양입니다. 가끔은 수업을 시작하기 전에 손으로 책상을 치면서 세마치장단에 맞춰 아리랑을 부르곤 합니다. 정서는 서로 다르지만 함께 노래를 부르고 있노라면 이 순간만큼은 국적을 떠나 우리는 하나라는 것을 느끼게 됩니다.

마지막으로 가르쳤던 학생들과는 래프팅과 번지점프를 함께했는데 저도 학생들도 모두 처음 해보는 것이었습니다. 네팔을 떠나오기 이틀 전에는 여학생들과 함께 네팔의 전통 의상인 더우라 쑤루왈(남성복)과 사리(여성복)를 입고 기념촬영을 하기도 했습니다. 또 학생들이 학교를 졸업하거나 한국을 가게 되거나 기념할 만한 일이 생기면 학생들과 함께 네팔 전통 식당에 가서 음식도 먹고 럭시(네팔 전통 술인 곡물 증류주)도 한잔씩 마십니다. 서로 다른 문화권에서 살아온 사람들이 모여 공감할 수 있는 부분들이 그리 많지는 않겠지만 될 수 있으면 많은 시간을 학생들과 보내려고 했습니다. 그래야 그들을 조금이라도 이해할 수 있을 것 같았기 때문입니다.

가정 방문할 대상을 찾고 있는 어느 날, 평소 잘 따르고 열심히 공부하는 학생인 러젠드라가 트레킹을 겸한 1박 2일 일정의 자신의 처가 방문을 제의해 왔습니다. 치소빠니 부근 신두 강이 흐르는 근처 농가라는군요. 그곳은 러젠드라가 오래전에 직장 생활을 한 곳이기도 하고 아내를 만난 곳이기도 하다네요. 오랫동안 처가에 못 가본 모양입니다. 처가라는 말에 내키지는 않았지만 이참에 농가 체험도 해보

소풍 & 사물놀이 수업 & 미니 트레킹

더불어 살기: 가르치면서 배우기

고 또 유명한 트레킹 코스 중 하나인 치소빠니를 지나간다고 하니 가겠다고 선뜻 대답하고 말았습니다. 말이 나기 무섭게 금요일 수업을 마친 후 정오쯤 출발하자고 약속했습니다. 그러고는 집으로 돌아오자마자 한국에서 가져온 기념품과 의약품으로 가방부터 꾸렸습니다.

순더리절까지는 버스로 갔습니다. 그곳에서 치소빠니를 거쳐 처가가 있는 마을까지 족히 다섯 시간은 걸은 듯합니다. 날이 어둑해져서야 할머니 댁에 도착했습니다. 러젠드라는 할머니께 담배를 선물로 드리고는 내일 밝을 때 오겠다고 하고는 다시 길을 재촉합니다.

오늘 머무를 곳은 러젠드라 아내의 오빠 집이라는군요. 인사를 나누고 늦은 저녁을 가족들과 함께 먹었습니다. 방 한 칸 내줄 여력은 없어 보이는 집, 가족들과 한 방에서 자야 했습니다. 구조가 복잡한 이 방은 큰 침대 한 개와 간이용 침대 두 개가 놓여 있었습니다. 아주머니가 방 입구에 있는 침대를 저에게 내주었습니다.

늦게 도착한데다 저녁밥을 먹고 나니 벌써 자정이 넘었습니다. 씻을 만한 곳을 찾지 못해 세수도 못 한 채로 잠자리에 누웠는데 눈앞에 보이는 조그만 다락엔 농기계들이 우르르 쏟아질 듯 아찔해 보였습니다. 몸을 뒤척일 때마다 침대는 삐걱거렸고 요와 이불은 눅눅했고 지독한 냄새까지 났습니다. 그리고 밤새 빈대와 각종 벌레에 시달려 잠을 이루지 못했습니다.

다음 날 아침, 제가 왔다는 소문을 듣고 동네 분들이 집으로 초대

래프팅

달밧 전문점에서

러젠드라 아내의 오빠네 식구들과 이웃들

를 해왔습니다. 러젠드라가 먼저 안내한 곳은 아내의 친구인 니르말라 구릉 집이었습니다. 니르말라는 아직 미혼이라는군요. 들어선 집 안은 무척 깨끗해 보였습니다. 부엌 살림살이도 정리정돈이 아주 잘되어 있었습니다.

차를 한잔 마시고 나오는 길, 동네 할머니 한 분이 지나가는 저를 불러 세웁니다. 다리를 걷어 보이며 무릎이 너무 아파 걷는 게 힘들다고 하시네요. 달리 방법이 없으니 무릎과 다리를 주물러 드리고 가져간 파스를 붙여드렸습니다. 40대 중반쯤으로 보이는 아저씨가 다시 저를 불러 세웁니다. 귀가 아픈 걸 놔뒀더니만 귀가 잘 안 들린다고 하시네요. 카트만두에 있는 큰 병원에 꼭 가보라고 일러주고는 진통제 한 통을 건네 드렸습니다.

약을 한 가방이나 싸왔는데 벌써 동이 나버렸습니다. 들르는 집마다 어디가 아프다는 말씀만 하시네요. 설마 저를 의사로 알고 계셨던 건 아니겠죠! 제가 할 수 있는 일이라곤 상처 난 곳에 약을 발라 주고 그저 위로의 말씀을 해드리는 것뿐이었습니다. 마을을 나서는 순간까지도 뒤따라와 약 좀 달라고 하네요. 다시 한 번 오겠다는 약속을 남기고 마을을 떠나왔습니다. 학기가 끝나고 얼마 뒤에 만난 러젠드라가 말해 주었습니다. 동네 사람들이 "선생님 언제 오시느냐?"라고 지금도 물어온답니다. 그 약속을 지키기 위해서라도 언젠가 다시 가야겠죠.

네팔의 전통 의상인 더우라 쑤루왈과 사리(사진: 김성주)

너머스떼, 꼬빌라 선생님!

처음 학생들을 대할 때, 같은 사람인데도 궁금한 게 어쩌나 많은지 저의 손동작과 행동을 요모조모 살펴보는 학생들이 많았습니다. 뚫어져라 그리고 골똘히 쳐다보는 학생도 있었습니다. 학생들의 시선을 느끼지만 불편해할까 봐 끝내 모른 척합니다. 다른 나라 사람, 여자, 그것도 가르치는 선생이니 여러 가지로 궁금한 점이 많았겠죠.

항상 함께 차를 마시고 소풍도 가고 영화도 보고 놀러도 다니다 보니 처음 저에게 가졌던 학생들의 경계심은 어느새 사라진 듯했습니다. 이젠 멀리서도 알아보고 '너머스떼, 꼬뻴라 선생님'하고 수줍은 듯 건네는 인사가 반갑고 기분 좋습니다. 좋은 인간관계가 그렇듯이 사제지간도 마찬가지라 생각합니다. 서로 소통하는 데에는 무엇보다 진심과 신뢰가 중요하다는 것을. 네팔을 떠나오는 날까지 학생들과 차를 마시자는 자신과의 약속을 지킬 수 있어서 감사했습니다.

한국어, 어렵지만 재미있어요

"선생님, 어떻게 하면 한국어를 잘할 수 있을까요?"라는 말은 학생들이 가장 많이 하는 질문 중 하나입니다. 외국어를 잘하고 싶어 하는 사람들이라면 누구나 한 번쯤 해봄 직한 질문이라 생각합니다. 그런 질문을 받을 때마다 "어떻게 하면 네팔어를 잘할 수 있을까요?"라고 학생들에게 되묻곤 합니다. 저도 이곳에서 살아가려면 네팔어를 해야 하니까요.

그렇지만 학생들의 질문에 저는 항상 이렇게 대답해 줍니다. 물론 자신에게 하는 말이기도 합니다. "한국 사람과 자주 만나 이야기 나누세요. 그것보다 더 좋은 방법은 한국 사람과 같이 일하는 거예요. 이도 저도 여의치 않을 때는 한국 영화나 드라마를 많이 보세요. 그리고 책 많이 읽고, 많이 듣고, 많이 말하세요. 한국사람 만나기가 쉽지 않다면 제가 여러분의 친구가 되어줄게요."라고요.

말은 쉽게 했지만 그러기가 쉽지 않다는 것은 저도 잘 알고 있습니다. 외국어를 공부하는 데 무슨 다른 방도가 있을까요. 무엇보다 인내심을 가지고 꾸준하게 공부하는 방법밖에는 달리 도리가 없다고 생각합니다.

너머스떼, 꼬빌라 선생님!

수업 모습

수업은 교재 위주로 이루어집니다. 매주 월요일은 주로 생활회화로 대화 연습을 하고 금요일은 받아쓰기 쪽지시험도 봅니다. 시험은 문법, 이해하기, 받아쓰기, 듣기, 읽기, 작문, 말하기로 평가합니다. 그중에서 학생들이 가장 어렵고 힘들어하는 것은 듣기와 받아쓰기 그리고 작문입니다. 일주일에 한 번씩 쪽지시험을 보지 않는다면 아마도 받아쓰기 때문에 시험을 통과하지 못하는 학생들이 대다수가 될 것입니다.

4급 반에서 공부하는 학생이라면 읽기는 별로 문제가 되지 않습니다. 말하는 것도 듣고 쓰는 것보다는 잘하는 편입니다. 쓰기 공부는 주로 일기와 한국 사람들이 많이 사용하는 관용 표현 받아쓰기 그리고 글짓기로 연습합니다. 주로 혼자서 공부하는 학생들은 문법이나 단어는 많이 알고 있지만 대화에는 서툴고, 사교성이 많은 학생들은 수업시간에 이해도는 조금 낮지만 대화는 대체로 잘하는 편입니다.

썬커르씨는 제가 가르쳤던 학생 중에서 가장 나이가 많은 학생이었고 공부하는 것을 무척 좋아했습니다. 2010년 9월 학기에 4급 반으로 등록해서 졸업하고서도 2012년 2월 학기까지 모두 4학기 동안 제 수업을 들었던 학생입니다.

썬커르씨는 모든 일에 적극적이고 긍정적이며 열심히 일하고 언제나 웃음을 잃지 않으며 매사에 유쾌한 사람입니다. 그래서일까요, 썬커르씨를 볼 때마다 저도 덩달아 기분이 좋아집니다. 마음은 어린아이같이 천진난만하고 몸도 아주 건강해 보이는 사람입니다. 그래서인지 마흔여덟의 나이지만 그만큼의 나이로는 보이지 않습니다. 30대 정도로 보이는 동안의 모습이랄까요! 술도 좋아해서 저와는 가끔 만나 럭시도 한잔씩 나누는 사이입니다.

그리고 한국어학과에서 책을 가장 많이 빌려 가는 학생으로도 유명합니다. 또 책을 가장 많이 필사하는 학생이기도 합니다. 썬커르씨는 한국 속담에 관심이 많고 또 한국 사람들이 많이 사용하는 관용 표현에 대해 공부하는 것을 좋아합니다. 썬커르씨가 필사해 온 노트를 검사하는 것은 많은 시간이 필요했습니다. 한 학기에 대학노트 2~3권 정도는 해왔으니까요. 어느 날이었습니다. 검사를 해 달라고 노

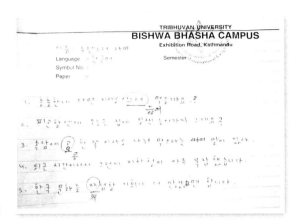

TRIBHUVAN UNIVERSITY
BISHWA BHASHA CAMPUS
Exhibition Road, Kathmandu

Language :
Symbol No. :
Semester :
Paper :

수렌드라의 받아쓰기

TRIBHUVAN UNIVERSITY
BISHWA BHASHA CAMPUS
Exhibition Road, Kathmandu

Language : Korean
Symbol No. :
Semester : IV
Paper : 디딕 (작문)

저의 소개서

● 저의 이름 디딕

저의 이름은 디딕 입니다. 저는 1988년에 네팔 누와꼿에서 태어났습니다. 저의 가족은 모두 6명 입니다. 아버지, 어머니, 누나, 남동생 그리고 저 이렇게 5명 입니다. 저는 카투만두에 우리 4 명이 되었습니다. 저는 카투만두에 공부 하고 가족의 꿈을 이루기 위해서 왔습니다. 그러나 지금까지 꿈을 이루지 못했습니다.

저의 취미는 독서 입니다. 그래서 저는 책을 읽습니다. 크리스나 다라바시의 "라다" 은 아주 좋았습니다. 저는 지금 여행사에서 일 하고 있습니다. 대학교에서 한국말도 배우고 있습니다. 한국말을 배우지 1년이 넘었습니다. 저는 한국에 가서 공부하고 싶어서 한국말을 배우고 있습니다.

저의 직업은 학생이지만 여행사 에 일하고 있습니다. 여행사에서 일 한지 1년이 넘었습니다. 저희 여행사에는 한국 사람들이 트레킹을 하러 많이 옵니다. 그래서 한국말을 더 많이 배우고 싶습니다.

누나와, 남동생 그리고 저는 카투만두에서 살고 있습니다. 저희 아버지는 기사 입니다 그리고 저희 어머니는 집에서 살림을 하십니다. 저희 부모님은 고향에 계십니다.

저는 아직 미혼입니다. 그러나 사랑하는 부모님, 친구들이 많이 있기때문에 저의 생활은 무척 재미있습니다.

- 감사합니다. -

디팍의 자기소개서

더불어 살기: 가르치면서 배우기

43

트를 내미는데 공교롭게도 이 페이지를 펴서 주는 게 아닙니까! 노트에 적혀 있는 질문은 "충성은 니가 하는 인사예요?" 저도 모르게 순간 웃음이 나오는 걸 간신히 참았습니다. 한국의 군대 제도에 관한 책을 읽었나 봅니다.

어느 날 "썬커르씨, 한국어 어렵지 않아요?"라고 물었더니 "한국어, 어렵지만 무척 재미있어요."라고 대답했습니다. 썬커르씨뿐만이 아니라 다른 학생들도 한국어는 어렵지만 재미있다고 말합니다. 어려운 한국어를 이렇게 열심히 공부하니 학생들이 예쁘지 않겠습니까! 이렇게 열심히 공부하는 학생들을 보면 어깨가 무거워짐을 느낍니다. 그럴 때일수록 학생들을 더욱 사랑하고 또 수업 준비를 더 잘해야 되겠다는 생각이 듭니다.

저에게는 본보기가 되어준 두 분의 선생님이 계셨습니다. 현지 적응 훈련을 받을 때 현지어를 가르쳐 주셨던 딜립 선생님과 써저니 선생님이십니다. 선생님은 번갈아가면서 학생들에게 질문하십니다. 질문을 이해하지 못했다고 하면 웃으면서 다시 한 번 천천히 말씀해 주십니다. 우리가 듣기에도 답답할 만큼 떠듬거리며 대답하는 것을 보고도 중간에 말문을 막는다거나 답답한 표정을 짓거나 화를 내는 모습은 없었습니다. 학생들 스스로 완성된 문장을 말할 때까지 기다려 주셨습니다. 그것도 항상 웃는 얼굴로 말입니다. 두 분의 그런 모습이 참 보기 좋았고 존경스러웠습니다. '나도 저렇게 할 수 있을까?'라는 생각이 들

딜립 선생님과 써저니 선생님

더군요. 학생들과 말이 잘 안 통할 텐데 한없이 기다려주고 웃어주고 그럴 수 있을까요! 저도 그렇게 해보기로 마음먹었습니다.

외국인에게 한국어를 가르친다는 것 그리고 문화를 가르친다는 것은 참으로 어려운 일입니다. 배우는 학생들도 어려워하지만 가르치는 저 또한 어렵기는 매한가지입니다. 어떻게 하면 학생들에게 한국어를 쉽게 가르칠 수 있을까, 늘 고민하게 됩니다. 그러다 보니 수업을 하는 시간보다 수업을 준비하는 시간이 훨씬 많이 듭니다. 또 학생들의 숙제를 검사하는 일 또한 만만치 않으며 그리고 학생들이 저에게 내 준 숙제를 하다 보면 금세 하루가 갑니다. 가르치는 일은 곧 배우는 일이라는 것을 몸소 체험하는 시간이었습니다.

제가 맡은 4급 반은 다른 반과는 달리 중간시험을 치르지 않습니다. 그렇지만 중간 평가는 합니다. 학기 초가 되면 학생들에게 중간 평가 기준을 말해줍니다. 출석, 숙제, 학습 태도가 그것입니다. 출석하는 것을 보면 학생들의 성의를 알 수 있고 또 숙제해오는 것을 보면

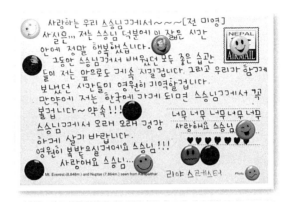

학생들에게서 받은 엽서

너머스떼, 꼬빌라 선생님!

성실함과 책임감을 알 수 있습니다. 학습에 임하는 태도를 보면 학생의 인성뿐만 아니라 삶에 대한 자세도 엿볼 수 있습니다.

저는 학생들의 올바른 몸 자세와 마음 자세를 보려고 노력합니다. 그러한 태도는 학업뿐만 아니라 인생을 사는데도 꼭 필요한 덕목이라 생각하기 때문입니다. 그리고 한국어를 가르치는 일도 배우는 일도 중요하지만 선생으로서 또는 학생으로서 서로를 대하는 마음가짐과 수업에 임하는 태도가 더 중요하다고 생각합니다.

나름대로 인내심을 가지고 학생들의 이야기를 끝까지 들어주고 기다려주려고 노력했습니다. 짧은 현지어와 영어 실력으로 학생들과의 의사소통에는 약간의 어려움이 있었지만 불편함은 없었습니다. 이제와 가만히 생각해보니 수업을 너무 겁 없이 했다는 생각도 듭니다.

'현장지원사업(프로젝트)으로 무엇을 해야 할까'에 대한 생각은 국내 훈련을 받을 때부터 시작되었습니다. 물론 현지 사정도 모르면서 말입니다. 국내 훈련소 시절 짬이 날 때마다 도서실에 가서 귀국한 선배 단원들의 '현장지원사업 사례'와 관련된 책들을 읽었습니다. 파견분야별로 어떤 일을 주로 현장지원사업으로 하는지 그리고 그 사업에 대한 진행 과정과 성과에 대해 알게 되었습니다.

저는 우르두어를 공부할 때도 네팔어를 공부할 때도 다른 단원들에 비해 언어 습득이 늦은 편이었습니다. 그러나 막연하지만 좋은 동화책 한 권을 한국어로 번역했으면 좋겠다는 생각을 하고 있었습니다.

비쇼바사 캠퍼스는 전시장 도로(Exhibition Road)에 있습니다. 학교 주변에는 전시회와 무역박람회가 정기적으로 열릴 만큼 큰 전시장들이 많이 있습니다. 어느 날 '네팔 도서전'이 있어서 전시장을 찾았는데 책의 상태를 보니 '이걸 누가 돈 주고 살까?'하는 생각이 들었습니다. 네팔에 온 지 서너 달쯤 되었을까요, 아직은 모든 것이 생소하고 낯설기만 한데 전시된 출판물을 보는 순간 네팔에 대한 눈높이를 많이 낮춰

야겠다는 생각을 했습니다.

책 표지는 그림이나 글씨가 선명하지 않고 손에 닿으면 잉크가 묻어 나올 것만 같습니다. 종이는 대부분 갱지이고 제본이 잘못되어 보기에도 책은 삐뚤삐뚤합니다. 인쇄 상태도 좋지 않고 페이지가 바뀐 책들도 많이 보입니다. 책의 상태나 전시 방법 등으로 보아 네팔의 도서 출판 환경이 매우 열악하다는 것을 알 수 있었습니다. 물론 도서의 상태를 보러 갔던 것은 아닙니다. 네팔 출판물의 현실을 보고 싶었고 또 네팔 사람들에게 사랑받고 있는 책이 무엇인지 알고 싶어서입니다.

네팔, 학교와 학생 그리고 수업에 대한 경험이 적다 보니 현장지원 사업으로 무엇을 해야 할지 아직은 판단이 서지 않을 때였지만 학생들에게 꼭 필요한 것이 무엇일까에 대한 고민은 계속되었습니다. 그러던 중 학생들에게 한국의 문화를 체험하게 해 줘야겠다는 생각이 들었습니다. 2009년 8월 28일, 선배 단원이 추진했던 현장지원사업으로 제1회 말하기 대회가 열렸는데 이를 계기로 말하기 대회는 물론 한국의 문화를 체험할 수 있는 날이 필요하다 여기던 차였습니다. 수업 시간을 통해 간간이 한국 문화를 체험하기도 하지만 그것만으로는 부족하다는 생각이 들었습니다. '한국문화축제'를 통해 한국 문화도 알리고 직접 체험도 하고 네팔 문화와 비교해 볼 수 있는 장을 만들면 좋겠다는 생각에 이르렀습니다.

그리고 한 가지 더, 무엇보다 학생들에게 필요한 것은 사전이라는 생각이 들었습니다. 학기 초가 되면 학생들에게 한글 프로그램과 한영-영한사전을 담은 CD를 나눠주었습니다. 하지만 대부분의 학생들은 집에 컴퓨터가 없어 CD를 나눠주는 것은 더는 의미가 없는 일이었습니다. 그리고 비싼 한국어사전을 살 형편은 더더구나 못 되는 게 현실입니다. 그래서 학생들이 돈 들이지 않고 쉽게 공부할 수 있도록 현재 사용하고 있는 수업 교재를 중심으로 '한-네-영 사전'을 만들어 나누어줄 생각을 하게 되었습니다.

사업 계획서를 준비해 놓고 현장사업 신청 공고가 나기를 기다리고 있었습니다. 그동안에도 제 머릿속에서는 사업이 진행되고 있었습니다. 이윽고 공고가 났고 심사에 합격했으며 곧이어 사업 승인이 났습니다. 현장지원사업은 계획했던 것처럼 '한국문화축제'와 '한-네-영 사전' 만들기로 모두 두 가지입니다.

'한국문화축제'의 주요 내용은 한국 영화 상영 및 한국 홍보영상물 상영, 한복 입기 체험(즉석 사진 찍기), 한국 전통놀이 체험(투호놀이, 제기차기, 윷놀이, 팽이치기, 공기놀이) 그리고 한국어 말하기 대회입니다. '한국문화축제'의 하이라이트인 말하기 대회는 그동안 갈고닦은 학생들의 기량을 가늠해 볼 수 있고 학생들 입장에서는 한국에 가서 한국어 연수를 받을 기회가 되기도 합니다. 그래서 말하기 대회는 어떤 프로그램보다 학생들의 관심이 집중되는 행사입니다.

사업 기간은 2010년 4월부터 2011년 2월까지 만 11개월입니다.

행사장 이모저모

예산 규모는 US $9,500이었습니다. 원하던 현장지원사업을 할 수 있어서 감사했지만 한편으로는 마음이 답답하기도 했습니다. 네팔 생활 11개월째, 네팔을 어느 정도는 알고 있다고 생각하지만 실제 일을 하면서 부딪치게 되는 예상치 못한 것들에 대한 두려움이 밀려왔기 때문입니다. 하지만 의지를 가지고 열심히 해 보기로 마음먹었습니다. 일이 될 수도 있고 안 될 수도 있는 현지 사정을 고려해서 먼저 사업 추진 세부계획을 꼼꼼하게 짰습니다. 그 계획서를 바탕으로 일은 시작되었고 이제는 그날그날 해야 할 일을 점검해 나가는 일만 남았습니다.

'한국문화축제' 행사 예정일은 6월 25일이었습니다. 여름 학기는 보통 6월 중순 전에 시험이 끝나지만 이번 학기 역시 어떤 변수가 생길지 아직은 알 수 없는 일입니다. 그리고 학내 사정은 여전히 불안하고 기말시험에 대한 일정 역시 확정되지 않은 상태라 행사 일자는 유동적일 수밖에 없습니다. 사업은 시작되었지만 행사 날짜를 잡지 못해 한동안 애가 탔습니다. 학교 운동장을 사용하는 문제는 허락을 받았지만 행사 날짜를 잡는 일은 학교 측과 계속 협의 중이었습니다. 하루빨리 시험 날짜가 잡히기만을 기다렸고 그러기 위해서는 학교 관계자를 다그치는 수밖에 없었습니다. 날짜는 확정되지 않았지만 그렇다고 무작정 기다릴 수만은 없는 일이었습니다.

이번 행사의 성공 여부는 홍보가 관건이라고 생각했습니다. 네팔에서 on-line 홍보는 불가능에 가깝습니다. 그러므로 방법은 하나뿐, off-line에서 홍보해야 합니다. 그러기 위해서는 홍보물 제작이 중요하고 무엇보다 홍보 기간이 길어야 한다고 생각했습니다. 그래서 행사 날짜 칸만 비워둔 채 포스터와 홍보 전단지 도안을 서둘러 마쳤습니다.

다행히 며칠 뒤 시험 날짜가 잡혔습니다. 애초 계획했던 행사 날짜는 6월 25일이었는데 시험 날짜가 늦게 잡혀서 행사 날짜를 미루는 일은 불가피했습니다. 학생들이 참여하려면 준비할 시간이 필요할 것 같아 시험이 끝나는 날로부터 한 달 뒤인 7월 16일로 날짜를 확정 지었습니다. 행사 날짜가 잡히니 본격적으로 일이 시작되었습니다.

아무리 꼼꼼하게 살펴도 일은 생기는 법입니다. 행사 전날 무대와 천막을 설치하는 사람들이 왔습니다. 행사 부스는 모두 두 개입니다. 작은 천막은 왼쪽, 큰 천막은 오른쪽으로 해서 'ㄴ'자 모양으로 그리고 무대는 큰 천막 안에 설치해 달라고 부탁했습니다. 종이에 그림을 그려가면서 여러 번 설명을 해주었고 사장과 인부들은 알겠다고 걱정하지 말라고 했습니다.

이곳 네팔에서는 의사소통이 된 것인지 알아보려면 몇 번이고 확인하는 수밖에 달리 방법이 없습니다. 왜냐하면 네팔 사람들은 알든 모르든 무조건 안다고 하는 문화적인 습관이 있다는 걸 알고 있었으니까요. 그리고 알았다고 해놓고선 부탁한 일과 다른 결과가 나오는 경우가 많기 때문입니다. 우리의 짧은 네팔어 실력도 문제이지만 모르면서도 안다고 말하는 그들의 습관도 문제라면 문제입니다. 한국어학과 사무실은 신축 건물 5층에 있습니다. 마지막 점검을 하느라 정신없이 바빴지만 무대와 천막을 설치하는 일이 잘 진행되고 있는지 확인하기 위해 자주 아래를 내려다봤습니다.

급한 일이 생겨서 갑자기 외출을 해야 했습니다. 1시간 정도면 충분할 것 같아 다녀오기로 마음먹고는 내려가는 길, 혹시나 하는 마음에 한 번 더 점검했습니다. 그때까지만 해도 문제는 없어 보였습니다.

아뿔싸! 일을 마치고 돌아와 보니 천막은 반대 방향으로 설치되고 있었습니다. 즉시 일을 중단시키고 책임자인 사장에게 전화를 걸었습니다. 천막 방향이 잘못되었으니 다시 설치해 달라고 했더니 시간이 너무 많이 걸려 안 된다고 했습니다. 계약할 당시의 조건을 다시 한 번 상기시킬 필요가 있다고 생각했습니다. 원하는 대로 해주겠다고 하지 않았느냐 그리고 행사가 마무리될 때까지 내가 만족해하지 않으면 돈도 안 받겠다고 그러지 않았느냐고 말입니다. 그리고 반드시 방향을 바꿔야 한다고 거듭 힘주어 말해주었습니다.

그러고 나서 의사 전달이 제대로 되었는지 한국말을 잘하는 학생에게 부탁해 확인해 보라고 일렀습니다. 인부들은 작업을 멈춘 상태이고 날은 점점 어두워져 오는데 30분이 지나도 사장은 나타나지 않았습니다. 후로 여러 번의 전화를 걸었고 사태의 심각성을 파악한 우리

행사장 모습

학생이 그 사장을 찾아서 학교로 데려왔습니다. 1시간이 흐른 뒤였습니다. 사장은 저의 고집스러움을 읽었는지 인부들과 함께 방향을 바꿔 다시 천막을 치기 시작했습니다. 그 일로 저도 천막이 완성된 자정까지 학교에 있어야 했습니다.

행사 당일 오전 9시쯤 되었을까요, 비가 추적추적 내리기 시작하는데 행사장 바깥이 시끌시끌합니다. 행사를 돕던 학생이 달려와서는 마오이스트 학생회에서 지금 천막을 걷지 않으면 부숴버린다고 했다는 것입니다. 무슨 아닌 밤중에 홍두깨 같은 이야기인지 영문을 몰라 나가봤습니다. 행사를 준비해오느라 몸도 피곤한 상태이고 또 진행도 해야 해서 적잖이 긴장하고 있던 터였는데 이런 소릴 들으니 화가 났습니다. 머리끝까지 올라온 화를 간신히 누르고서 마음을 가다듬고 말했습니다. 무슨 이유인지는 모르겠지만 천막이 상하거나 행사를 방해하면 가만있지 않겠다고 말입니다.

이유인즉 이랬습니다. 얼마 전 학장과 마오이스트 학생회와의 마찰이 있었다고 합니다. 그런데 문제 해결은 하지 않고 학장이 우리 행사에 참석해 축사를 한다고 하니 때는 이때라고 생각했던 모양입니다. 또 한편에서는 학생회에 동의나 허락 없이 행사 진행을 하는 것에 불만을 품어 그런 것이라고 말해 주었습니다.

행사 계획안을 제출하고 날짜를 잡고 학교 운동장을 사용하는 일에 대해서는 삼 개월 전에 학교 측에 미리 허락을 받은 터였습니다.

한국어말하기대회

학생회의 허락을 왜 받아야 하는지는 도무지 이해가 되지 않았습니다. 네팔 내에 있는 대학교 학생회는 매우 정치적인 집단이라는 것을 알면서도 이건 해도 너무한다는 생각이 들었습니다. 제 의지를 읽었던 것일까요, 행사를 방해하려던 학생들은 그 후로 나타나지 않았습니다.

네팔에서 처음으로 개최되었던 '제1회 한국문화축제'는 한국의 문화와 전통놀이 체험은 물론 한국어 말하기 대회도 함께 열려 학생들이 그동안 배웠던 한국어 실력을 마음껏 뽐내는 장이 되었습니다. 비가 와서 좀 그랬지만 행사는 계획했던 대로 잘 끝났습니다. 많은 단원들이 행사 도우미는 물론 마무리 청소까지 도맡아 해주었습니다. 행사를 무사히 마칠 수 있었던 것은 그리고 성공적으로 끝낼 수 있었던 것은 순전히 단원들의 도움 때문이었습니다.

'한국문화축제'를 끝으로 사업 하나를 마무리 지었습니다. 다음은 사전을 만드는 일인데 현장사업계획서를 제출하기 전부터 조금씩 작업을 해오던 터라 이 또한 계획대로 진행된다면 문제없을 것 같았습니다.

한-네-영 사전 발간

사전을 만드는 일은 생각보다 상당한 인내심이 필요했고 또 고통스럽기까지 했습니다. 여러 번 고비를 넘기고 몸과 마음마저 상했을 때는 정말 왜 이 작업을 시작했는지 자신이 원망스럽기까지 했습니다. 아무리 생각해도 제가 가진 능력 이상의 너무 큰 욕심을 낸 것 같아 후회 아닌 후회도 많이 했습니다.

겨울 학기가 시작되면서 오전 6시 30분에 출근해서 수업을 마친 이후 시간부터는 사전 작업에 매달리다 보니 저녁 6~7시가 되어서야 퇴근하게 되는 일이 한 9개월 정도 지속되었습니다. 물론 집에 가서도 전기가 있을 때는 줄곧 그 작업만 했습니다. 학교는 비교적 전기 사정이 나은 편이지만 그래도 자주 전기가 나갔다 들어오기를 반복하는 일들이 많았습니다. 1시간이 지나도 전기가 들어오지 않으면 작업하던 것들을 주섬주섬 챙겨 들고 터멜에 있는 한 카페로 갑니다. 카페도 전기 사정이 좋지 않을 때가 있습니다. 이도 저도 여의치 않을 때는 억지로라도 쉬어야 합니다.

사전을 만들기 위해서는 첫 번째로 수업 교재(6권)로 사용하고 있는 책에 나오는 단어를 정리하는 일이었습니다. 두 번째는 정리한 단어의 뜻을 영어로 찾는 일이었고 세 번째는 네팔어 뜻을 찾는 일, 네 번째는 한국어 표제어에 네팔어 발음기호를 적는 일이었습니다. 단어의 뜻에 딱 맞는 네팔어를 찾는 일도 힘들었지만 더 힘들었던 것은 한글 표제어에 네팔어로 발음기호를 다는 일이었습니다.

사전은 한국어학과 학생들을 위해서 만드는 게 애초의 목적이었지만 한글을 모르는 사람들도 공부할 수 있었으면 더없이 좋겠다는 생각이 들었습니다. 그리고 네팔 사람들이 출판한 책의 문제점 중 하나인 발음 문제(예를 들면, 한국어 '가게'의 발음은 모든 책에 '카게'로 되어 있음)를 정리하는 차원에서 논란의 여지도 있지만 한글 표제어에 네팔어로 발음기호를 다는 일을 진행하게 된 것입니다.

현장사업 기한은 2011년 2월 말까지입니다. 임기 만료 3개월 정도를 앞둔 시점이었습니다. 그간 무리했던 탓일까요, 왼쪽 손목에는 자갈풍(결절종)이 몇 개월 전부터 생겨났고 점점 커지면서 아프기까지 했습니다. 두 번이나 병원을 찾아 주사기로 뺐지만 점점 더 커졌고 통증은 더 심해졌습니다. 손목도 시큰거렸고 눈도 뻑뻑해지고 퉁퉁 붓고 아프기까지 했습니다. 전기 사정도 좋지 않은 데다 이 모든 일을 컴퓨터로 하다 보니 눈이 혹사당할 수밖에요. 그래서일까요, 안약도 듣질 않았습니다.

그동안 몸을 너무 돌보지 않았나 봅니다. 신체적인 균형도 깨진 것 같고 그사이 온몸이 약해진 것 같았습니다. 더는 무리하고 싶지 않았습니다. 천천히 하기로 마음먹고는 1년 임기연장 계약을 했습니다. 후로 마음의 여유가 조금 생기긴 했지만 일에 몰두하다 보니 생활은 또다시 반복되었습니다. 하루빨리 마무리 짓고 싶은 마음뿐이었습니다. 그러다 보니 또 무리하게 되고 이러다가는 사전 만들다가 죽을 것만 같았습니다.

네팔에서는 다리품을 파는 수밖에 달리 방법이 없다는 것을 잘 알고 있었기에 교정을 보는 기간 내내 짬을 내어 출판사를 찾아다니기 시작했습니다. 물론 주로 학교 주변에서 정보를 구하지만 그것만으로는 충분하지 않아서 인쇄 골목을 찾아 출판할 수 있는 능력을 갖춘 회사인지를 알아보고 견적서도 비교해 봐야 해서 출판사 순례를 시작했던 것입니다.

그런데 또 발목을 삐고 말았습니다. 한 번은 한 달 전 버스에서 내리면서 오른쪽 발목이 힘없이 꺾여 넘어졌었는데 그날은 인쇄소의 계단에서 힘없이 주저앉고 말았습니다. 그 충격으로 한참을 일어나지 못했습니다. 이후로 병원에서 물리치료도 받았지만 나아질 기미는 보이지 않았습니다. 통증이 심하고 발목에 힘이 없어 결국에는 깁스를 해야 했습니다.

네팔의 출판사나 인쇄소에서는 PDF 형식의 파일만 받기 때문에 교정에 대한 개념은 없습니다. 원고대로 판을 뜨고 인쇄하고 접지하고 묶어내고 제본하는 일까지가 인쇄업자의 일입니다. 원고 파일을 인쇄소에 넘겼습니다. 책이 나오기까지 빠르면 10일, 보통은 2주 정도 걸린다고 합니다.

책이 나오는 날까지 매일같이 인쇄소에 출근했습니다. 그렇게 하지 않으면 한 달이 걸릴지 두 달이 걸릴지 알 수 없는 일이었으니까요. 그리고 인쇄 상태나 제본 상태 또한 점검하지 않으면 조금이라도 나은 책을 기대할 수 없기 때문입니다. 하루도 거르지 않고 인쇄소를 다녔던 정성이 통했던 걸까요. 마침내 기다리던 책이 나왔습니다.

몇몇 학생들과 함께 책 상태를 점검했습니다. 파지나 인쇄 상태가 몹시 나쁜 것 그리고 페이지가 바뀐 것들을 골라내는 작업이었습니다. 1,000권을 찍었는데 사용할 수 없는 책이 무려 200여 권이나 나왔습니다. 그래도 이만하면 됐다 싶습니다. 여기는 한국이 아니라 네팔이니까요.

학생들에게 그리고 학교 도서관과 교직원, 트리뷰반대학교 중앙도서관 등 사전을 필요로 하는 곳에 기증했습니다. 사전을 만드는 데에는 무척 힘이 들었지만 책을 받고 기뻐하는 학생들을 보니 힘들었다는 생각은 온데간데없고 그저 가슴 뿌듯하고 또 보람도 느껴졌습니다.

'한-네-영 사전'은 한국어, 네팔어, 영어로 구성된 네팔 최초의 '한-네-영 사전'입니다. 이 사전의 가장 큰 특징은 한국어 표제어에 네팔어로 발음을 표기한 것입니다. 한글을 알고 있는 학생들은 물론 한글을 모르는 사람들도 쉽게 공부할 수 있는 사전입니다.

현장사업을 계획할 때는 무엇보다 사업의 필요성에 대한 충분한 조

사전 기증

사와 검토가 반드시 선행되어야 합니다. 현장에서 필요하지도 않은 일을 개인적인 욕심만으로 진행하다 보면 설령 좋은 결과를 냈다 하더라도 현지인들에게는 무용지물이 되고 마는 것을 흔히 볼 수 있기 때문입니다. 반드시 현장에서 요구하고 필요로 하는 것이 무엇이며 또 스스로 현장에서 일하면서 불편했던 점이나 꼭 필요한 일을 발견하는 데서 사업은 시작됩니다.

다음은 함께 일하는 사람들의 적극적인 참여가 필요합니다. 일을 하다 보면 무엇 때문에 누구를 위해서 이 일을 하는 것인지에 대한 의문이 여러 번 든다면 그 일은 그 누구를 위한 일도 되지 않을 것이기 때문입니다. 사업 필요성에 대한 충분한 조사와 검토가 이루어졌다면 현지 사정을 참작하여 꼼꼼하고 계획적인 사업 일정표를 작성해야 합니다. 무엇보다 계획한 대로 사업이 잘 진행될 수 있으려면 매일 매일의 점검이 필요합니다. 그리고 마음의 여유를 가져야 합니다. 한국과는 달리 현지는 대부분 열악한 환경에 놓여 있기 때문에 계획했던 것보다 더 많은 시간을 필요로 하는 경우가 많습니다. 또 시간에 쫓기다 보면 무리한 사업 일정으로 인하여 원하는 결과를 얻지 못할 수도 있습니다.

하나에서 열까지 일일이 확인하고 다시 점검하지 않으면 일은 진행되지 않습니다. 그간 사소하고 구구절절한 진행 과정의 이야기들도 많습니다. 오랜 시간 반복되는 작업으로 몸도 마음도 지쳤습니다. 그러나 계획했던 동화책 번역 대신에 '한-네-영 사전'을 만들었습니다.

언젠가 책에서 읽은 적이 있습니다. "지금 지고 있는 짐이 무겁다고 느껴지면 한 짐 더 얹어져라."라고. 사전 작업을 하면서 힘이 들고 어려울 때면 항상 되뇌던 글귀였습니다.

바라는 마음

기말시험 날짜가 정해지면 대부분의 학과에서는 시험 보기 일주일 전에 종강을 합니다. 그날은 종강하는 날이어서 시험을 대비한 수업을 했습니다. 항상 그랬던 것처럼 수업을 마치고 찻집으로 향하는 길, 쁘렘이 다가오더니 가방을 들어주겠다는 것입니다.

제 가방은 조금 무거운 편입니다. 노트북과 수업 자료들이 들어있기 때문입니다. 그러나 그날은 노트북이 들어있지 않아 그리 무겁지도 않았고 또 기말시험지가 들어있기도 했습니다. 그리고 항상 가방을 들어주는 학생이 있던 터라 잠시 망설였습니다. 한두 번 거절했지만 강제로 빼앗다시피 하는 그의 모습을 보면서 좀 어리둥절했습니다.

쁘렘은 자전거로 통학하는 학생이었습니다. 이왕 가져간 것 그리고 자전거를 가지고 있으니 돌아오는 길에 영자 신문도 한 부 사서 오라고 부탁했습니다.

우리는 찻집에 앉아 차를 마시고 있었습니다. 학교에서 자주 가던 찻집까지는 100m도 채 안 되고 신문을 파는 가게도 3분 정도 거리에 있는데 30분이 지나도 쁘렘은 나타나지 않았습니다. 지금까지 오지 않는 이유는 무엇 때문일까요? 가방을 들어주겠다고 할 때도 또 내줄 때도 조금 의아했습니다. 왜냐하면 3개월 정도 함께 공부했는데 지금까지 단 한 번도 가방을 들어주려고 한 적이 없었기 때문입니다. 그리고 학교를 빠져나가는 뒷모습이 무척 재빠르고 다급해 보였습니다.

50여 분 뒤 쁘렘이 땀에 흠뻑 젖은 상태로 찻집에 나타났습니다. 저와 함께 차를 마시고 있던 학생들이 쁘렘에게 왜 늦었느냐고 묻자 신문 사러 갔다가 친구를 만나서 늦어졌다는군요. 찻집에 너무 오래 앉아 있었습니다. 가방을 건네받자마자 찻값을 계산하려고 가방의 지퍼를 열려는데 지퍼가 모두 한쪽 방향으로 닫혀 있는 게 아닙니까!

지갑은 첫 번째 지퍼가 있는 곳에, 책은 큰 지퍼가 있는 곳에 넣어두는데 그 속에는 시험지도 함께 들어있었습니다. 가방의 지퍼를 닫을 때면 항상 양쪽에 있는 지퍼 손잡이가 중앙에 오도록 닫는 습관이 있습니다. 지퍼를 열었더니 가방을 뒤진 흔적이 보였습니다. 시험지는 4일치 분량이어서 날짜별로 스테이플러를 사용해 묶어 두었는데 앞뒤를 접어 자국이 생겨났고 뒤섞여 뒤죽박죽이었습니다. 순간, '나를 바보로 생각하나?'하는 생각도 들었지만 침착하게 대응하기로 했습니다. 저는 그 학생의 선생이었으니까요. 일단 찻값을 계산하고 학생들과 헤어졌습니다.

쁘렘에게 어디로 가느냐고 물었더니 집으로 간다는군요. 그러면 같은 방향이니 우리 집까지 같이 가자고 했습니다. 쁘렘은 한국말은 조금 서툴지만 단어는 제법 많이 알고 있는 학생입니다. 찻집을 나와 집

쪽으로 가는 모퉁이를 돌 때쯤 쁘렘을 보고 말했습니다.

"쁘렘, 선생님은 정직한 사람 좋아해요. 쁘렘도 정직하게 말해줬으면 좋겠어요. 혹시 시험지 복사했나요?"

제 말이 끝나기가 무섭게 쁘렘이 대답했습니다.

"동네는 지금 정전인데요 ……."

대부분의 네팔 사람들은 몇 시에 전기가 들어오는지 그리고 몇 시에 전기가 나가는지 잘 알지 못합니다. 전기가 들어와 있는 시간보다 나가 있는 시간이 많으므로 전기가 들어오고 나가는데 별 관심이 없습니다. 그랬습니다. 학교가 있는 지역은 지금 정전이었습니다. 그리고 정전 일정표는 지역마다 다릅니다. 정전이라고 즉답하는 쁘렘의 심리가 궁금해졌습니다. 일단 시험지 복사하는 것을 시도해봤다는 것일까요? 또 늦게 돌아왔다는 것은 다른 동네에 가서 복사해왔다는 것일까요? 그러나 혼자 짐작한 것을 내뱉고 싶지는 않았습니다. 또 갑작스레 생긴 일이어서 저도 생각할 시간이 필요했습니다.

어느덧 집 앞에 다다랐습니다. "쁘렘, 조금 전에도 말했지만 나는 정직한 사람 좋아해요. 그리고 한국 사람들의 생각도 대부분 그래요. 앞으로 한국에 가게 될 텐데 한국 사람들과 함께 지내려면 정직하지 않으면 안 돼요." 완벽한 의사소통을 기대할 수는 없었지만 천천히 그리고 또박또박 하고 싶은 말을 했습니다. 물론 제가 하는 말을 얼마나 이해했을는지는 모를 일입니다. "언제쯤 시간 낼 수 있는지 말해주면 내가 맞춰서 나갈게요."라고 말했더니 쁘렘은 알았다고 했습니다. 처음 태도와는 달리 쁘렘은 제 눈을 똑바로 바라보지 못했습니다.

이틀이 지나도 전화는 오지 않았습니다. 후로 두 차례 더 전화했지만 바쁘다는 이유로 약속을 잡지 못했습니다. 쁘렘을 다시 만나려고 했던 이유는 시험지 복사한 것을 확인하려고 했던 것은 아닙니다. 왜 정직해야 하고 또 잘못을 했을 때 상대방에게 어떻게 용서를 구하는 것인지에 대해 말해주고 싶었기 때문입니다. 더더구나 한국을 가게 될 텐데 그 이유로 한국 사람들에게 신뢰받지 못하는 사람으로 평가받는 것을 선생으로서 원치 않았기 때문입니다. 하지만 안타깝게도 쁘렘과의 대화는 그게 마지막이었습니다.

견물생심이라고, 물건을 보면 누구나 가지고 싶은 욕심이 생기기 마련입니다. 그렇다고 모든 사람들이 그것을 가지기 위해 실행에 옮기지는 않습니다. 또 사람인지라 누구나 실수할 수 있고 잘못을 할 수 있습니다. 실수와 잘못을 했을 때 그것을 인정하기란 쉽지 않겠지만 반드시 인정해야 합니다. 그리고 그 부분에 대한 진심 어린 반성도 뒤따라야 합니다. 그래야 다음 길을 갈 때 잘 갈 수 있기 때문입니다.

바라건대, 저의 이런 마음이 쁘렘에게 잘 전해지기를 …….

꿈을 키워가는 학생들

학기가 시작되는 첫날의 수업은 항상 이렇게 시작됩니다. 학생들에게 먼저 제 소개를 하고 나면 학생들도 돌아가면서 자기소개를 합니다. 그런데 재미있는 것은 자기소개를 하면서 장래희망이나 꿈을 말하는 학생은 찾아보기 힘들다는 것입니다. 그래서 꿈에 대해서도 말해달라고 학생들에게 다시 부탁합니다. 그러면 오히려 "꿈이 뭐냐?"라고 되물어 오는 학생들도 있습니다. 저의 꿈이 뭐냐고 묻는 것이 아니라 그야말로 '꿈'이 뭐냐는 것이죠.

순간 이를 어떻게 이해해야 하나 당황스럽기도 합니다. '꿈꿀 이유가 없는 건가?' 아니면 '꿈꿔봤자 꿈으로만 남는 건가?' 학생들 대부분은 꿈을 가지고 있지 않습니다. 꿈이 없거나 꿈을 꾸지 않는 이유는 무엇 때문일까요? 행복지수가 높아서일까요, 아니면 카스트 제도 때문일까요, 아니면 다른 무슨 이유라도 있는 걸까요?

네팔 사람들은 내일이나 미래에 대해 걱정하지 않습니다. 물론 준비도 하지 않습니다. 있으면 먹고 없으면 안 먹으면 그뿐이라고 생각합니다. 그리고 오늘 꼭 해야 하는 일도 없습니다. 오늘 못하면 내일 하면 되고 내일 못하면 모레 하면 되니까요. 사람이 죽어도 오래 울지

너머스떼, 꼬빌라 선생님!

않습니다. 사람이 늙으면 당연히 죽는 것이고 또 환생한다고 믿기 때문입니다.

아마도 힌두 문화와 카스트 제도 때문이지 않을까 하는 생각을 해봅니다. 물론 카스트 제도는 1963년에 폐지되었음에도 불구하고 말입니다. 꿈이 없는 학생들에게는 왜 꿈이 필요한지에 대해 말해주고 꿈을 가진 학생들에겐 어떻게 하면 그 꿈을 이룰 수 있는지에 대해서 이야기 나눕니다. 이런 질문을 매번 하다 보니 꿈에 대한 고민을 시작한 학생들이 많아졌습니다.

한국어 말하기 대회에서 입상해 지난 3년간 한국에서 어학연수를 받고 온 학생은 모두 세 명입니다. 세 명 중 두 명은 지금 한국에 있고 한 명은 네팔에 있습니다.

2009년 '제1회 한국어 말하기 대회'에서 대상을 받았던 수던은 주변 사람들이 칭찬을 아끼지 않을 만큼 겸손하고 성실하며 책임감 있는 학생입니다. 학기 중에는 열심히 공부하는 학생으로 또 방학 중에는 한국인을 대상으로 하는 트레킹 가이드로 일했습니다.

2010년 1월, 겨울 방학 때에는 함께 랑탕과 고사인쿤드를 거쳐 순더리절이 있는 카트만두까지 8박 9일 동안 트레킹을 다녀오기도 했습니다. 산에서 내려와 별이 쏟아지는 뻐이레 마을에서 밤새 나누었던 꿈에 대한 이야기는 아직도 생생하게 남아 있습니다.

얼마 전에는 서울에 있는 K 대학교 대학원에서 'IT 비즈니스'로 석사

제1회 한국어말하기대회(2009년)와 수던

거너샴과 어비세크

과정을 마쳤고 지금은 프로젝트를 수행하면서 박사과정 준비를 하고 있습니다. 꿈을 꾸고 꿈을 키우고 이루는 일, 누구보다 잘해나가리라 믿습니다. 수던을 생각하면 언제나 대견스럽고 마음 또한 든든합니다. 그리고 수던은 제가 아주 자랑스러워하는 학생이기도 합니다.

'제2회 한국어 말하기 대회'에서 수상했던 거너샴 커드까도 지금 한국에 와 있습니다. 대학에서 영어교육을 전공했고 사립 고등학교에서 영어 교사로 재직한 바 있습니다.

거너샴은 머리도 좋지만 무척 성실하고 항상 노력하는 의지가 강한

너머스떼, 꼬빌라 선생님!

청년입니다. 네팔에 있는 동안 여느 학생보다 많은 얘기를 나누었고 메일로도 자주 안부를 주고받았던 거녀샵, 가장 가까이에서 오랫동안 함께 있었던 아주 믿음직한 학생이었습니다. 사전 작업을 할 때도 많은 도움을 받았습니다.

지금은 경기도에 있는 한 가구 공장에서 일하고 있습니다. 근무지 적응이 끝나는 대로 학업을 병행할 계획을 가지고 있다고 합니다. 그의 꿈은 네팔에 있는 대학에서 한국어를 가르치는 교수가 되는 것입니다. 이곳 한국에서 돈도 많이 벌고 원하던 공부도 할 수 있었으면 좋겠습니다. 머지않아 그런 날이 오기를 간절히 빌어 봅니다.

그리고 어비세크 라나 머걸은 2011년도 말에 한국을 다녀왔습니다. 어비세크의 한국 이름은 '소망'입니다. 소망이는 무척 똑똑하고 지적 호기심이 많으며 어학에 특별한 재주가 있는 학생입니다. 한국어, 중국어, 일본어, 영어 그리고 모국어인 네팔어까지 5개 국어를 구사합니다. 언젠가 보니 티베트어와 힌디어도 잘하더군요. 거기에 머걸 종족어까지 한다니 참 대단한 학생입니다. 2박 3일을 함께 여행한 적이 있었는데 외국인 여행객과 영어로 대화하는 솜씨가 보통이 아니었습니다.

가정 형편이 넉넉지 않아 이른 아침에는 대학을 다니고 낮에는 여행사에서 일하고 밤에는 영어 과외까지 참 바쁜 일과를 소화해내고 있습니다. 저널리스트가 되는 게 꿈인 소망이, 네팔을 떠나오기 전에 만난 소망이는 하고 싶은 게 너무 많다고 했습니다. 소망이는 지금 스

물한 살, 장래가 아주 촉망되는 학생입니다. 많은 사람들에게 좋은 영향을 끼칠 수 있는 청년으로 커가기를 마음속으로 빌어봅니다.

2011년 4월의 어느 날 EPS 시험에 합격해 한국으로 일하러 가게 된 러젠드라 구룽이 학교로 찾아왔습니다. 덥석 큰절을 합니다. 저도 자세를 낮추어 절을 하려고 하자, "절 받아주세요."라고 하며 저를 일으켜 세웁니다. 그냥 절을 한 게 아니었습니다. 제 오른쪽 발등에 입맞춤했습니다. 마음을 다한 그의 인사를 받으니 울컥 눈물이 났습니다. 절을 하면서 발등에 입맞춤하는 것은 흔치 않은 일입니다. 그것은 주로 먼 길을 떠나거나 다시 집으로 돌아왔을 때 부모님 또는 집안 어른들께 하는 사랑과 존경의 표현입니다.

러젠드라와 머니까씨

너머스떼, 꼬빌라 선생님!

1년 동안 함께 공부했고 트레킹도 가고 선술집도 가고 가스가 동났을 때도 먼 길 달려와 해결해 주었던 오지랖 넓고 마음씨 착한 러젠드라. 그간 미운 정 고운 정이 많이 들었던 학생이었습니다.

공항 배웅은 어려울 것 같아 떠나기 며칠 전에 만나서 점심을 함께 먹었습니다. 모쪼록 건강하고 돈 많이 벌어오라는 당부와 함께 그동안 나누지 못했던 이런저런 얘기를 끝으로 작별 인사를 했습니다.

러젠드라는 집안에서 장남이자 두 딸아이의 아빠이기도 합니다. 정 많고 눈물도 많은 러젠드라의 꿈은 한국에서 돈 벌어와 고향인 누와콧에서 염소 농장을 하는 것입니다. 4~5년 뒤 그 꿈 꼭 이룰 수 있었으면 좋겠습니다.

제가 가르쳤던 학생 중에 절반가량은 한국에 와 있습니다. 서로 다른 꿈을 꾸면서 살아가고 있지만 모두 그 꿈이 이루어지기를 바라는 마음뿐입니다. 조금씩 그 꿈을 향해 한 걸음씩 내딛고 있는 학생들을 볼 때면 제가 해왔던 일이 참 보람된 일이라 여겨집니다. 5년 혹은 10년 뒤에 펼쳐질 그들의 인생이 기대되고 무척 궁금합니다. 학생들이 한국에서도 언제나 건강하기를, 무엇보다 행복한 삶을 살기를 늘 마음속으로 기도하고 있습니다.

임기 만료를 얼마 남겨 두지 않은 어느 날 후배가 뜬금없이 "선배, (네팔에서) 보람 있었어요?"라고 하는 질문에 반사적으로 "응."이라고 대답했습니다. 마치 준비해 두었던 대답처럼 말입니다.

전미영 선생님에게,

스승의 날 축하드립니다.

그동안 저희를 위해서 유력한 의견을 나눠 주시고, 아낌없이 도와 주셔서
진심으로 감사드립니다. 선생님의 은혜는 하늘같으시고, 선생님의 사랑은
태산같이 무겁고, 바다보다 더 깊습니다. 선생님, 정말 존경합니다.

저희들에게 주신 소중한 지혜와 지식을 꿈에도 잊지 않게 선생님의
부끄럽지 않은 자랑스러운 제자가 되기 위하여 노력하겠습니다.

저희 언행을 통해서 선생님께 불명을 끼쳐들면 용서해 주십시오.
늘 건강하시고 행복하시기를 바랍니다. 안녕히 계십시오.

베트남에서 보고 싶은 학생, 거너삼 커드까 올림.

추신: 선생님덕분에 저는 한국어를 잘 배우게 되었습니다. 선생님,
사랑합니다. 감사합니다.

스승의 날
2012. 05. 15.

Happy Teacher's Day 2012
Missing You!

거너삼에게서 받은 카드

너머스떼, 꼬빌라 선생님!

봉사란 더불어 살아가는 것

네팔에서 사는 동안 봉사에 대한 생각도 많이 바뀌었습니다. 한국에 있을 때는 주로 주말을 이용해 마음 맞는 친구들과 함께 홀로 지내는 어르신을 돌보는 일과 장애를 가진 이들의 집을 방문해 벽지를 발라주고 장판을 깔아주고 청소를 해주곤 했습니다. 그리고 산동네 사시는 어르신들 댁에 연탄도 날라다 드리고 임종을 앞둔 분들의 말벗이 되어주는 일 등으로 봉사 활동을 했습니다.

하지만 이곳에서는 남을 돕기가 쉽지 않습니다. 왜냐하면 제 형편도 이들과 별반 다르지 않기 때문입니다. 제게 주어진 봉사 임무도 중요하지만 먼저 이곳에서 살아내는 것 또한 무엇보다 중요한 일이 되어버렸습니다.

건기가 시작되면 많게는 하루 14시간씩 전기가 나가고 물도 부족하고 그나마 물이 있어도 몸을 씻을 수 없을 만큼 깨끗지가 않습니다. 먼지가 많고 소음에 시달리는 일, 불편한 도로 사정과 교통편 등 날마다 마음을 비우지 않으면 이내 제풀에 지치고 마는 그런 날들의 연속이었습니다.

어느 날 문득 '이들과 같은 환경에서 함께 사는 일 그 자체가 봉사가 아닌가?'라는 생각이 들기도 했습니다. 얼마나 힘들었으면 이런 생각을 하면서 스스로를 위로했을까요. 이곳은 한국 생활과는 비교할 수 없을 만큼 모든 것이 부족하고 열악한 곳입니다. 무엇보다 자신을 돌보는 일이 먼저일 수밖에 없는 상황, 어쩌면 한국어를 가르치는 일 외에는 여러 가지로 도움을 받아야만 하는 입장이 되어버렸습니다.

KOICA 선배 단원들이나 국제 NGO에서 일하는 사람들의 봉사 활동 후일담을 들어보면 보람과 가치를 느끼지 못하는 경우가 의외로 많았습니다. 저 또한 많은 부분에서 공감합니다.

원조나 지원을 받았던 기관을 방문해 보면 각종 시설물이 방치되어 있거나 관리가 되지 않고 있는 것을 자주 보게 됩니다. 그런데도 원조나 지원을 해주겠다는 외국의 기관이나 단체가 나타나면 똑같은 시설물을 만들어 달라는 요구를 하는 경우도 있다고 합니다.

'왜 그럴까?'하는 생각을 해 보았습니다. 주는 사람들과 받는 사람들의 다른 문제의식 때문이라는 생각이 들더군요. 주는 사람들은 보통 이렇게 말합니다. "네팔 사람들은 받는 데 너무 익숙한 사람들"이라고 "항상 무엇이든 달라"고만 한다고 말입니다. "받고 나면 시설물에 대해서는 아무런 관심도 없을뿐더러 관리해 나갈 능력 또한 없다."라고도 말합니다. 그러면 받는 사람들은 어떨까요? 원하기만 하면 늘 주었고 또 받았으니까 힘들여 관리할 필요가 없었던 거지요.

저 또한 이곳에 와서 현장지원사업을 했고 또 많은 단원들이 진행

비다이와 세족식

하고 있습니다. 사업을 진행하면서 이런저런 일들로 네팔 사람들과 부딪칠 때마다 자주 자신에게 던졌던 질문이었습니다. '우리는 왜, 도와주려고 하는 걸까요, 그들이 진정으로 원하는 것은 무엇일까요?'

주는 사람은 줄 수 있어서 기분 좋고 받는 사람은 받아서 기분 좋고 그러면 좋을 텐데, 하지만 주고도 기분이 좋지 않다고 말하는 사람들이 많습니다. 왜 그런 마음이 드는 걸까요, 그러면서 왜 그 행동을 반복해서 하고 있는 걸까요?

주는 게 능사는 아니라고 생각합니다. 주는 것보다 더 중요한 것은 문제의식을 공유하고 그들 스스로 만들고 관리할 수 있도록 도와줘야 하지 않을까요? 주고도 기분 나쁘다는 생각이 든다면 어떻게 해야 할까요, 주는 것에 대한 고민이 좀 더 필요하지 않을까 생각합니다. 우리가 해주었다고 생각하는 것들은 그들이 진정으로 원하는 것이었을까요? 그들이 진정으로 원하는 것이 무엇인지 우리는 알고 있었던 걸까요? 주는 사람도 보람되고 받는 사람도 더욱 풍요로워졌으면 하는 바람을 가져봅니다.

2012년 5월 11일, 한국으로 일하러 떠나는 학생들의 비다이(환송회)가 있었습니다. 건강하고 행복하라는 간절한 염원을 담아 몸을 낮춰 한국으로 떠나는 학생들의 발을 씻어 주었습니다. 아주 귀한 발, 아주 귀한 몸입니다. 저도 모르게 눈에는 눈물이 고였습니다. 학생들에게 들킬까 봐 애써 눈물을 참고 있었는데 수렌드라와 선집 그리고 너버

라즈와 동시에 눈이 마주친 순간 저도 모르게 눈물이 주르륵 흘러내렸습니다. 서로 같은 마음이었을까요? 이들도 울고 있었습니다. 서로 부둥켜안은 채 한참을 그렇게 서 있었습니다. 그 순간 봉사라는 것 그리고 가르치는 일은 무엇보다 진심을 나누는 일이라는 생각이 들었습니다.

네팔에서 마지막으로 읽었던 책은 존 우드의 『히말라야 도서관』이었습니다. 책에는 이런 글이 있었습니다. "그는 렌터카를 청소하는 사람은 아무도 없다는 것을 지적했습니다. 사람들은 자신의 소유라고 느끼지 못하면 오랜 기간 동안 유지하려 하지 않습니다. 자신의 소유라고 느끼게 하는 것, 그것이 제가 우리 프로젝트에 도입하려는 방법입니다.(하버드 경영대학원의 마이클 포터의 인용문)"

'봉사란 무엇일까?'하는 고민을 오랫동안 해오던 터였는데, 그렇습니다. 그들에게 '자신의 소유라고 느끼게 하는 것'. 이 책을 통해 봉사에 대한 소중한 사실 하나를 깨달았습니다.

여태까지 봉사에 대한 생각이 저보다 못한 상황에 있는 사람들을 도와주는 것이었다면 네팔에서 봉사 활동을 하면서 한 생각은 그들과 더불어 살아가는 것이었습니다. 이곳에 한국어를 가르치는 일로 왔지만 무엇보다 그들과 함께 잘 살아가는 것이 중요하다고 생각했습니다. 봉사란 무엇일까요? 그건 아마도 그들과 진심을 나누고 잘 어울려 사는 것이겠지요. 그들과 더불어 살고 나누면서 비로소 진정한 봉사의 의미를 깨닫게 되었습니다.

마오이스트들의 시위 모습

약속, 문화적인 차이

네팔 사람들은 대체로 한국 사람들에게 호의적인 편입니다. 한국을 다녀온 사람들은 특히 한국 사람들을 좋아하고 한국생활을 그리워합니다. 가깝게 지내는 네팔 사람들에게 "한국사람 어때요?"라고 물으면 "성미가 몹시 급하고 화를 잘 내요."라고 말합니다. 외국인들이 가장 먼저 배우는 한국말이 '빨리빨리'라고 하니 성격 급하기로 따지자면 한국을 따라올 나라는 없겠죠.

네팔 사람들은 화를 잘 내는 사람은 '인격이 갖춰지지 않은 사람'이라고 생각합니다. 달리 말하면 '어린아이와 같은 사람'이란 뜻입니다. 그래서일까요, 네팔 사람들은 화를 잘 내지 않습니다. 화를 내면 어른으로 대접받지 못하기 때문입니다. 설령 네팔 사람에게 잘못이 있다 하더라도 먼저 화를 내서는 안 됩니다. 화를 내면 일단 문제의 핵심에서 벗어나 잘잘못을 따지기보다는 화를 낸 사실 그 자체가 주요 관심사가 되기 때문입니다.

네팔 사람들은 상대방이 자신에게 화를 내는 그 자체를 이해하지 못합니다. 화를 내는 것으로 문제가 해결되는 것은 아니지만 서로 다른 문화에서 오는 차이가 크다 보니 화를 낼 수밖에 없는 상황들은

너머스떼, 꼬빌라 선생님!

K 선생님 댁으로 가는 길에 있는 골목과 가축시장

생기기 마련입니다. 그러나 네팔에서 어린아이 취급을 받지 않으려면 어쨌든 참아야 합니다.

네팔에 온 지 4주차 되던 날, 처음 선임자를 만나 수업을 참관하고 학교를 구경했습니다. 그리고 학교에서 걸어 약 10분 거리에 있는 선임자인 K 선생님 댁에서 이른 점심을 먹고 함께 집 구경을 했습니다. 그때만 해도 이곳에 들어와 살 것이라고는 생각지도 않았습니다.

K 선생님 댁으로 가는 길은 야채 시장을 지나야 합니다. 길 건너에는 가축시장도 있습니다. 야채 썩는 냄새 그리고 가축의 분뇨 냄새가 코를 찌릅니다. 쿠마리 은행이 있는 큰 도로를 가로질러 좁은 골목으로 들어섰습니다. 두 사람이 나란히 걷기에는 무척이나 좁은 골목. 모퉁이를 돌 때마다 나오는 쌓인 쓰레기 더미. 약간의 오르막길 끝에 나온 집. 그러나 대문을 열고 들어선 집은 아주 깨끗해 보였습니다.

단원들은 너나 할 것 없이 집 구하는 어려움을 토로합니다. OJT 기간에도 남은 훈련을 받는 기간에도 주말이 되면 모두 집 구하러 다니기 바쁩니다. 현지 적응훈련이 끝나면 살 집으로 이사를 가야 하기 때문입니다. 저는 집을 알아보는데 적극적이지 않았습니다. 물론 K 선생님 댁으로 들어가리라곤 생각조차 안 했지만 지금 생각해 보면 막연하게나마 믿고 있었던 것 같습니다.

어느덧 시간은 흘러가 버리고 혹시나 해서 K 선생님께 전화를 걸었습니다. 네팔에 온 지 한 달쯤 되었을 때니까 아무래도 네팔어로 대화하는 것은 어려울 때였죠. K 선생님의 도움이 필요했습니다. 집주인과의 약속 날짜와 시간을 잡아주고 함께 만나달라고 부탁했습니다. 집도 제대로 살펴보고 또 집주인은 어떤지 그리고 물은 잘 나오는지 집세는 어느 정도인지 좀 구체적으로 알아볼 요량으로 말입니다.

며칠 뒤 주인집에서 우리는 만났습니다. 처음 만난 집주인은 인텔리 해 보였습니다. 주인은 며칠 뒤면 한국으로 돌아가는 K 선생님에게 그간의 안부와 소감을 묻는 듯했습니다. 또 후임자가 집에 들어올 것인지를 물었고 집세 인상은 불가피하다고 말해주었습니다. 물은 어떠냐는 저의 물음에 답은 않고 집주인은 K 선생님에게 되물었습니다. K 선생님의 대답은 별로 유쾌하게 들리지 않았습니다. 사실 무엇보다 제일 궁금했던 것은 물이었거든요. 곧 결정해서 전화하겠노라는 말을 끝으로 주인집을 나왔습니다. 며칠 후 K 선생님은 떠났고 OJT 기간도 끝나가고 있었습니다. 그리고 K 선생님에게서 받은 살림살이는 그 집에 그대로 둔 채로 말입니다.

집을 몇 군데 더 보러 다니긴 했지만 모두가 마땅치 않았고 또 그만한 집을 찾지 못했습니다. 며칠이 지나 집주인에게 전화를 걸어 그 집에 들어가겠노라고 했습니다. 그리고 약속 날짜를 잡았고 만나는 날 수리할 것들을 알려주겠다고 했습니다.

그리고 며칠 뒤 찾아가서 수리해야 할 목록을 적은 종이를 건네주면서 7월 27일에 이사할 예정인데 수리할 기간으로는 충분한지를 물었습니다. 공사 기간으로는 충분하다고 했습니다. 이사하는 날까지는 보름 정도 남아 있었습니다. 그날은 구두상으로만 계약하고 계약서는 이사하는 날 작성하기로 했습니다. 이사 날짜를 잡아놨으니 짬짬이 와서 점검만 하면 되겠다 싶었습니다.

아직은 훈련 중이니 찾아갈 시간은 없고 이삼일에 한 번씩 전화해서 점검했습니다. 그리고 수료식이 끝나는 다음 날 오전 11시에 집주인과 만나기로 약속을 해 놓았습니다. 그런데 수료식이 있기 이틀 전부터 전화 연결이 안 되었습니다. 집수리 상황도 봐야 하고 이사하는 날까지 닷새 정도밖에 남지 않았기 때문에 훈련 끝나던 다음 날 다시 집을 찾아갔습니다.

여전히 전화는 안 되었고 주인집 문은 큰 자물쇠로 굳게 잠겨 있었습니다. 한참이 지나서야 누군가 나와서 인사를 건넸습니다. 주인이 대신 일을 맡겨놓고 갔다며 자신을 러메스라고 소개했습니다. 이사를 제때 할 수 있겠느냐고 물었더니 문제없다고 합니다. 방을 들여다보니 카펫 작업은 급히 마친 것 같은데 페인트칠이 안 돼 있었습니다.

그리고 며칠 뒤 다시 집을 찾아갔습니다. 며칠 전 상황과 별로 다를 바 없었습니다. 계획대로라면 27일에 이사를 하고 28일에 첫 출근을 해야 하는데 예상은 빗나갔고 결국 약속했던 날짜에 이사를 하지 못했습니다. 다시 이사 날짜를 잡고 이사하기 전날 마지막 점검을 하러 갔는데 벽에 손을 대보니 페인트가 묻어납니다. 페인트가 마르려면 이삼일은 족히 걸릴 듯합니다. 하지만 지금은 어쩔 수 없는 일, 일단 페인트가 마르기를 기다려 봅니다. 나흘 뒤 추적추적 내리는 비를 맞으면서 이사를 해야 했습니다.

이사는 했지만 약속했던 것들이 다 이루어진 것은 아닙니다. 이사 후에도 몇 번이나 찾아갔지만 집주인은 없었습니다. 그 후 며칠 뒤 집주인이 찾아왔습니다. 별도의 계약서를 가지고 와서 사인을 해 달라고 했습니다. 내용을 보니 보증금에 해당하는 가구, 집기 등에 관한 고지와 더불어 지켜야 할 사항들이 적혀 있었습니다. 점검해 봐야 하니 두고 가라고 했습니다.

계약서를 보다가 나 참 기가 막혀서! 선배로부터 산 물건의 일부도 자기의 것인 양 명시해 놓고 게다가 임대료를 6개월 선불로 달라는 것 아니겠습니까. 주거비가 3개월 단위로 나온다는 사실을 누구보다 잘 알고 있는 사람이 말입니다. 안 그래도 참고 있던 터인데 떠보는 건지 정말 불쾌하더군요. 하지만 화난다고 화만 내고 있을 수는 없는 일,

좀 더 확실히 해 두어야겠다는 생각으로 계약서를 꼼꼼히 살펴보기로 했습니다.

머칠 뒤 다시 집주인과 약속을 잡았습니다. 그리고 학교에서 코워커로 활동 중인 타네솔 선생님께 통역을 부탁했습니다. 지금껏 있었던 얘기, 짚고 넘어가야 할 문제 그리고 하고 싶은 말까지 모두 적고 나니 A4 용지로 두 장이나 되었습니다. 그동안 저도 어지간히 화가 났었나 봅니다. 쉽지는 않겠지만 화내지 않고 흥분하지 않은 상태에서 말해 볼 생각이었습니다.

내용을 요약하자면 이렇습니다. "당신은 만나자고 약속한 것을 세 번이나 어겼고 이사 날짜도 두 번이나 지키지 않았다. 그리고 당신이 준 계약서에는 마치 당신 물건인 양 기재해 놓은 것들이 많았다. 그리고 집세는 6개월 단위로 선불을 요구한다든가, 전기 요금은 단위당 11루피를 내라든가 ⋯⋯. 나는 이곳에 순수한 마음으로 봉사 활동을 하러 왔다. 당신을 처음 만났을 때 상당히 신사다워 보였는데 지금까지의 모습을 보면 무척 실망스럽다. 그리고 당신을 더는 신뢰할 수 없게 되었다. 왜 그랬는지 설명을 해 달라 그리고 사과를 받고 싶다."

통역이 제대로 되었는지는 알 수 없지만 주인은 씨익 웃으면서 네팔리(네팔 사람)인 코워커에게 뭐라 한마디 했습니다. 코워커는 그 말에 대해서는 통역해 주지 않았습니다. 미안하다는 말 한마디면 되는 것을 집주인은 계속 딴 얘기를 합니다. 그러더니 좀 멋쩍었던지 집주인은

2년여 동안 살았던 집의 방과 부엌

코워커에게 미스 전은 내 딸뻘이라고 너스레를 떱니다. 그래서 말해주었습니다. "우리 아버지는 내일이면 여든이셔서 당신처럼 그렇게 젊지 않다."라고 말입니다.

계약서를 들고 제가 사는 방으로 들어가 함께 비품 확인을 했습니다. 오늘 확인한 내용을 바탕으로 다시 계약서를 작성해 서로 한 부씩 나눠 가지자고 했습니다. 그렇게 하겠노라고 말하더군요.

다음 날 출근하는 집주인을 만났습니다. 집세는 많이 깎았지만 K 선생님이 계실 때보다는 올랐습니다. 그 대신 쓰레기 처리 비용과 물세는 안 받겠다는군요. 물 문제에 대한 약속도 했지만 전기 요금에 대해서만은 물러서지 않았습니다. 그래도 이만하면 만족할 만한 결과라는 생각이 들었습니다.

이 일을 계기로 집주인이 저를 대하는 태도는 확연히 달라졌습니다. 다음 날 우리는 한 달 동안 끌어온 계약서를 작성했습니다. 많은 단원들의 사정도 저와 별반 다르지 않습니다. "우리 집은 이사 후에도 여전히 공사 중입니다. 아마도 한국으로 떠날 때쯤 끝이 나지 않을까요? 아니면 영영 끝나지 않을지도 모를 일입니다." 이 말은 단원들이 흔히 하는 넋두리입니다.

훈련 기간에는 현지인들과 부딪칠 일은 거의 없었습니다. 집주인은 이곳에서 제가 처음 겪은 네팔 사람이었습니다. 처음 만난 네팔 사람에게서 이런 경험을 하고 나니 네팔에 대한 설렘과 기대감이 반감되는 느낌이랄까요. 약속을 안 지키는 이유는 무엇인지, 그들에게 있어 약속이란 무엇을 의미하는 건지, 시작도 끝도 모호하고 일이 끝나도 뭔가 개운치 않은 이런 느낌은! 당시에는 매우 불쾌했고 화가 났었습니다.

네팔 사람들은 인간관계를 중시하는 사람들이라 면전에서는 절대 '아니요.'라고 말하지 않는다고 합니다. '예'라고 말했어도 그것이 반드시 '예'의 의미는 아닙니다. 또 '내일'이라고 해서 꼭 '내일'을 의미하는 것은 아닙니다. 문화적인 차이라 생각하면 한편으로 이해가 되기도 하지만 그래도 고쳐야 할 습관이라는 생각이 드는 것은 저의 지나친 아집일까요. 비록 사소한 것일지라도 서로가 약속한 것은 반드시 지켜야 한다고 생각합니다. 그래야 서로 간에 믿음과 신뢰가 싹틀 수 있다고 믿기 때문입니다.

버스 타기와 길 묻기

네팔의 교통수단으로는 비행기, 택시, 툴로⁽큰⁾ 버스, 관광버스, 마이크로버스⁽승합차⁾, 오토바이, 템포⁽툭툭⁾, 릭샤 등이 있습니다. 사람들은 대부분 툴로 버스와 마이크로버스 그리고 삼륜차인 템포를 이용합니다.

제가 사는 카트만두에는 버스가 일찍 끊기기 때문에 저녁 약속이 있는 날이면 하는 수 없이 택시를 타야 합니다. 물론 많은 짐을 들고 이동해야 하는 경우에도 마찬가지지만. 그러나 어지간해서는 택시를 타지 않습니다. 그리고 가급적이면 웬만한 거리는 걸어서 다닙니다.

택시를 이용하지 않으려는 이유는 택시 기사와 흥정하는 일이 매번 스트레스로 다가오기 때문입니다. 택시를 탈 때마다 기사와의 실랑이는 피할 수 없는 괴로움입니다. 이곳에서 오랫동안 살고 계시는 한인 분들도 한결같이 토로하는 일이기도 합니다. 외국인 이어서일까요, 너무 터무니없는 가격을 부릅니다.

네팔의 택시는 시간거리병산제로 미터기를 사용하고 있는데 대부분의 기사들은 미터기 사용을 꺼리거나 사용하더라도 조작하는 경우가 많습니다. 풍문에 들으니 조작이 가능한 이 미터기는 대부분이 한국

너머스떼, 꼬빌라 선생님!

에서 만들어진 것이라고 하네요. 터널 거리에서는 택시 요금 문제로 실랑이를 벌이는 외국인들을 흔히 볼 수 있습니다.

네팔의 택시문화는 흔히들 '밀라우네' 문화라고 합니다. '밀라우네'는 '조정' 또는 '협상'이라는 뜻을 가지고 있습니다. 잘 흥정해서 탄다면 별문제 없겠지만 흥정하는 일이 그렇게 쉽지만은 않습니다. 물론 협상을 하고 타긴 하지만 가는 내내 투덜거린다든가 내릴 때쯤 웃돈을 요구하는 일도 없지는 않지만 이제는 더 이상 택시 타는 일로 스트레스는 받지 않습니다.

네팔에서 버스를 타는 일은 무척이나 인내심을 가져야 하는 일 중에 하나입니다. 단원 생활을 마치고 한국으로 돌아가는 선배들에게 무엇이 가장 힘들었느냐고 물으면 하나같이 '버스 타는 일'이라고 말합니다.

네팔의 도로는 매우 복잡합니다. 자전거, 오토바이, 자동차 그리고 도로를 수시로 가로지르는 사람들, 소, 말 등 모두 도로를 이용하기 때문입니다. 버스의 배차 시간은 정해져 있지만 제대로 지켜지지 않습니다. 운전기사의 곡예 운전과 난폭운전으로 버스를 타고 내릴 때마다 자신도 모르게 오늘도 무사함에 감사하게 됩니다.

마이크로버스는 보통 11~15인승이지만 승차정원은 없습니다. 두 명이 앉을 수 있는 좌석은 세 명 또는 네 명 그리고 조그마한 공간만 있어도 버스 차장은 안으로 들어서라고 자꾸만 소리를 질러댑니다. 버

택시 & 관광버스 & 툴로 버스

스 천장이 낮으니 좌석이 없는 사람은 내내 몸을 구부린 채로 가야 합니다. 그리고 질주하듯이 도로를 달리는 차 안에서 몸을 지탱하자 면 무엇이라도 잡아야 하는데 그것도 여의치 않습니다. 그럴 때 급정 거라도 하게 되면 버스 안은 아수라장이 되고 맙니다.

어느 날 버스 정류장에서 1시간 15분을 기다리고서야 집으로 가는 버스를 겨우 탔습니다. 그 탓에 종점에서 탔는데도 금세 버스 안은 사 람들로 가득 찼습니다. 유독 길이 막혔습니다. 그 와중에도 기사는 난폭운전과 곡예운전을 멈추지 않았습니다. 우기라 버스 안은 눅눅한 기운과 꽉 들어찬 사람들로 인해 숨쉬기도 곤란하고 속도 울렁거렸습

너머스떼, 꼬빌라 선생님!

니다. 이런 일상을 여러 번 반복하고 나니 이젠 조금 익숙해졌는지 이런 상황에서도 졸고 있는 자신을 봅니다.

대부분 차들은 낡았고 편안하게 느껴지는 좌석에 앉아 본 경험은 별로 없는 것 같습니다. 거기다가 의자에서 튀어나온 스프링이 엉덩이를 찌르는 경우도 있습니다. 다음 날 집으로 가는 길에 또 난폭한 버스를 만났습니다. 속이 울렁거리고 갑자기 식은땀이 났습니다. 집까지는 차로 15분 거리인데 저는 그 사이 녹초가 돼버렸습니다. 항상 사람들로 만원인 버스, 문 입구에 매달려가는 사람들, 포개듯이 앉은 사람들은 어디서나 볼 수 있는 흔한 풍경입니다.

버스 타는 일 그리고 버스를 기다리는 일은 참 힘든 일입니다. 집 모퉁이를 막 돌아 나가는데 마른 먼지를 일으키며 쏜살같이 내달리는 차를 봤을 때, 다음 차를 기다리는데 30분이 지나도 오지 않을 때면 아침 출근 시간에는 애가 탑니다.

그럴 때마다 법정 스님의 『무소유』에 나오는 글귀를 떠올리곤 합니다. "조금 늦을 때마다 너무 일찍 나왔군 하고 스스로 달래는 것이다. 다음 배편이 내 차례인데 미리 나왔다고 생각하면 마음에 여유가 생기기 때문이다. 시간을 빼앗긴 데다 마음까지 빼앗긴다면 손해가 너무 많을 것 같아서다."라고.

집에서 일찍 나서니 자연적으로 여유가 생기고 버스를 놓쳐 출근 시간이 조금 늦어져도 예전처럼 마음이 바쁘지는 않습니다. 여유로워진 것인지 아니면 그러려니 하는 마음 때문인지는 알 수 없지만 예전보다는 훨씬 마음이 편안해졌습니다. 바쁜 마음이 불쑥 고개를 들면 자신에게 말합니다. '천천히 가자고 그리고 마음마저 빼앗겨서는 안 된다'고 말입니다.

시외버스를 타는 일은 어쩌면 모험 같은 것인지도 모르겠습니다. 수도인 카트만두에서 포카라까지의 거리는 약 200km입니다. 국내선 비행기를 이용하면 약 30분 거리지만 버스를 타고 가면 7~8시간은 족히 걸립니다. 한국 같으면 3시간이 채 안 걸리는 거리일 텐데 말입니다. 그러나 마이크로버스를 타고 가면 4시간 반쯤 걸립니다.

과장해서 말하자면 마이크로버스를 타는 일은 목숨을 걸어야 하는 일인지도 모릅니다. 맹렬하게 돌진해오는 버스를 보거나 끝없이 이어지는 낭떠러지를 옆에 두고서 내달리고 있는 버스에 타고 있노라면 여러 번 기도하게 되는 순간이 옵니다.

마이크로버스에는 스무 명은 족히 탑니다. 버스 지붕에는 주로 짐을 싣습니다. 간혹 사람이나 염소가 타는 경우도 있습니다. 달리는 버스 지붕 위의 사람과 염소, 위험천만해 보이지만 그 광경을 보고 있노라면 '과연 네팔답구나' 하는 생각에 웃음이 절로 납니다.

차 안에는 멀미하는 사람도 꼭 한두 사람씩 있습니다. 길은 절벽과 낭떠러지 그리고 꼬불꼬불한 산길이 많지만 가드레일이나 보호벽 같은 시설물은 찾아보기 힘듭니다. 위험하기로 따진다면 사실 시내버스

너머스떼, 꼬빌라 선생님!

마이크로버스 & 템포 & 릭샤

도 마찬가지입니다.

　네팔에 살면서 생긴 습관이 있는데 길 묻기가 바로 그것입니다. 지금은 그러려니 합니다만 처음엔 네팔 사람들이 참 이해가 안 되었습니다. 길을 물으면 대부분의 사람들은 길을 가르쳐줍니다. 그러나 서너 명에게 물어보면 가르쳐주는 방향이 제각각입니다. 그러다 보니 족

산길을 가는 버스 풍경

앞 유리창이 깨진 차

운전대 위치와 맞지 않는 의자와 해진 의자

히 대여섯 사람에게는 물어보는 습관이 생겼습니다. 그래야 오늘 중으로 목적지를 찾아갈 수 있을 테니까 말입니다.

길을 모르면서도 모른다고 말하는 사람은 거의 없습니다. 네팔 사람들은 몰라도 모른다고 대답하지 않는다는군요. 모른다고 말하는 것보다는 어떻게든 대답해 주는 것이 예의라고 생각하고 또 자신이 모

너머스떼, 꼬빌라 선생님!

른다는 것을 밝히는 것도 싫어한다고 합니다. 더더구나 카스트가 다른 사람이 함께 있다면 더욱 그렇다고 합니다. 길을 자주 묻고 다니다 보니 이제는 알고 가르쳐 주는지 모르고 가르쳐 주는지 어렴풋이나마 알게 되었습니다.

인도에서 들여오는 버스는 완성차에 대한 높은 관세 때문에 주로 보디(Body)만 들여오는 경우가 많습니다. 그래서 버스 지붕이나 창문, 의자 같은 것을 네팔에서 달다 보니 차가 달릴 때는 창문이 스르륵 열리기도 하고 문짝이나 의자가 삐걱거리기도 합니다. 겨울에 버스를 타면 창문 틈으로 들어오는 바람이 제법 찹니다.

어느 날 만원인 버스를 보내고 잡아탄 차는 앞 유리창이 깨진 차였습니다. 지나는 사람들이 손가락으로 깨진 차 유리창을 가리키며 웃으면서 지나갔습니다. 저도 덩달아 웃음이 났습니다. 버스를 바라보는 풍경도 제가 탄 버스 안의 풍경도 참 재미있습니다. 안전시설이 거의 없는 위험천만한 도로와 난폭운전과 곡예운전을 일삼는 운전기사들. 바퀴가 굴러가는 게 신기하기만 한 오래된 골동품 같은 차들.

네팔에 살면서 '신이 항상 살려 주신다'는 생각을 하게 됩니다. 그래서일까요, 매사에 감사할 줄 아는 마음도 생겨났습니다.

불구부정(不坵不淨) 하는 마음으로

언젠가 인터넷을 하다가 읽은 내용인데 보는 순간 웃음이 났습니다. 네팔 이주를 고민하고 있는 분이 글을 남기셨는데 그 질문에 대한 답글 때문이었습니다. "이런 사람이 가능할 것입니다. 1. 위생이 까다롭지 않은 사람, 2. 시간 약속을 지키지 않아도 참을 수 있는 사람, 3. 오늘내일 안 되어도 며칠이고 참을 수 있는 사람"이라고. 공감 백배입니다. 그렇습니다. 위생이 까다로운 사람이라면 네팔에서 사는 일은 심사숙고해야 할 일입니다.

임기를 마치고 한국으로 돌아가는 K 선생님의 비다이에 초대를 받았습니다. 현지 적응훈련 기간 중이었지만 마침 토요일인데다 오후에는 계획된 일정이 없던 터라 초대에 응할 수 있었습니다. 장소는 터멜에 있는 한국 식당인 K 식당. 네팔의 문화나 관습을 잘 모르던 때라 조금은 조심스러운 자리였습니다. 그때 네팔 학생들을 처음 만났습니다.

저는 마련해 놓은 K 선생님의 옆자리에 앉았습니다. K 선생님께서 제 소개를 해주셨고 학생들도 돌아가면서 자신의 이름을 말했습니다. 그 사이 음식이 나왔고 고기를 굽기 위해 휴대용 가스레인지에 불을 켰습니다. 한 1분여 지났을까요, 무척 놀랐습니다. 가스레인지 안에

너머스떼, 꼬빌라 선생님!

들어있던 바퀴벌레가 기어 나와 반찬이 담긴 그릇으로 이리저리 막 옮겨 다니는 것 아닙니까!

그런데 더 놀랐던 것은 다들 태연하게 보고만 있는 것입니다. K 선생님이나 네팔 학생들이나 어떻게 이럴 수가 있을까요! 밥상 위를 돌아다니기만 했어도 점잖게 앉아서 밥을 먹었을 텐데 반찬까지 점령해 버렸으니 젓가락을 댈 수가 없었습니다. 매니저를 불러 반찬을 모두 바꿔달라고 했습니다. 그러고는 K 선생님께 이 식당에 어떻게 해서 오게 된 것인지를 물어보았습니다. 이 식당 매니저인 러메스, 조금 전 반찬을 날라다 준 사람이 비쇼바사 2급 반 학생이었다는군요. 식사가 끝날 때까지도 바퀴벌레는 여전히 식탁의 위아래를 활보하고 있었습니다.

다시 올 일 있겠나 싶었는데 자주 이 식당에서 약속이 잡혔습니다. 그러다 보니 러메스와도 가까워지게 되었습니다. 한국어를 공부하는 학생이었고 앞으로도 이 일을 계속할 것이라 했고 또 착하기도 해서 기회가 있을 때마다 말해 주었습니다. "우리 몸속으로 들어가는 음식은 곧 우리의 에너지가 된다. 그래서 좋은 재료를 골라 정성을 다해 음식을 만들어야 한다. 그리고 무엇보다 깨끗해야 한다."라고 말입니다. 시간이 지날수록 위생 상태는 조금씩 나아졌고 또 노력하는 모습도 보였습니다.

이후 1년이 훨씬 지났을 무렵의 어느 날이었습니다. 네팔에서 일하고 있는 친구에게서 전화가 왔습니다. 술 생각이 났던 모양입니다. 닭볶음탕을 시켜 놓고 술 한잔을 했습니다. 자리에서 일어날 무렵 닭볶음탕이 그대로 남았길래 싸 달라고 했습니다. 그다음 날 아침으로 먹으려고 데워놓고선 숟가락을 드는 순간 또 한 번 놀랬습니다. 엄지손가락만한 바퀴벌레가 푹 삶겨 있는 것 아닙니까! 저는 비위가 좋은 편인데 그날은 정말 오랫동안 그 일이 생각났습니다.

이 일이 있은 후 바퀴벌레가 나와도 이보다 더한 무엇이 나와도 이제 더는 놀라지 않습니다. 다른 식당들도 이와 별반 다르지 않아서 제 손으로 직접 만들어 먹지 않는 이상은 어쩔 수 없는 일이라 생각했기 때문입니다. 물론 한국에서도 같은 경험을 한 적이 있습니다만 그때는 바퀴벌레가 나왔다는 것보다 식당 사람들의 태도에 더 분개했었습니다. 아직도 잊히지 않는 그 도가니탕 집.

현지 적응훈련 기간 중 두 주 동안 홈스테이를 했습니다. 홈스테이를 하는 집의 아마(어머니)는 시력이 좋지 않았습니다. 아침마다 찌아*를 끓여서 한잔씩 주곤 하셨는데 그 찌아 잔에는 항상 개미 한두 마리가 들어있었습니다. 설탕이 듬뿍 들어가 있으니 개미들이 주변에 끓을 수밖에요. 정성을 다해 끓여 주셨는데 아마가 보는 앞에서 개미를 걷어내고 마실 수는 없는 일. 하여간 성격 좋은 척하느라 두 주 내

---

* 네팔 전통 차로서 홍차 잎을 우려낸 물에 설탕, 계핏가루 등을 넣어 끓여 마시는데 우유를 넣으면 둗 찌아(Milk Tea), 넣지 않으면 깔로 찌아(Black Tea)라고 합니다.

너머스떼, 꼬빌라 선생님!

내 개미 열 마리는 족히 먹었던 것 같습니다.

언젠가 찌아를 끓이는 주전자를 보고 놀란 적이 있습니다. 몇 년은 씻지 않아 덕지덕지 찌든 때가 묻어 있는데 헹구지도 않고 거기다 다시 물을 붓고 끓이는 것 아닙니까. 원래 찌아 끓이는 주전자는 안 씻는다고 하네요. 그래서 찌아가 더욱 달콤하고 맛있다고 하는 말도 안 되는 얘기에 그냥 웃고 맙니다.

마시는 물도 그렇습니다. 생수를 사용하지만 그 물 또한 반드시 끓여서 먹습니다. 어느 날 집에 사다 놓은 생수가 있어 병을 땄는데 따는 순간 물병 입구에 흙이 잔뜩 묻어 있습니다. 다른 병들도 마찬가집니다. 하는 수 없이 물을 버리고 옆집 가게에서 물을 몇 병 사 들고 오는데 그 병 속에도 불순물이 둥둥 떠다닙니다. 패킹이 되어 있는 제품인데도 믿을 수 없습니다. 집에서 주로 밥물을 담그거나 국을 끓일 때 사용하는 생수도 마찬가지로 불순물이 너무 많아 항상 바꾸고 또 바꾸고 하지만 별반 차이는 없습니다.

들자 하니 물은 아무 데서나 떠오고 허가 없이 패킹만 해주는 곳이 있다고 하던데 사실인지는 모르겠습니다. 네팔에서 마시는 물은 정말 조심해야 합니다. 카트만두 인근 산을 오르다 보면 물차들이 줄을 서서 모터를 이용해 물탱크로 물을 퍼 올리는 광경을 자주 볼 수 있습니다. 유관으로 보기에도 물웅덩이는 오염돼 보였습니다. 정수 처리를 하기는 하지만 규제나 단속이 미비하다 보니 시중에 나와 있는 생수의 품질을 보장하기는 어렵습니다.

어느 날 이름난 큰 마트에서 우유를 샀습니다. 물론 날짜 확인을 했죠. 집에 들어와 마개를 여는 순간 깜짝 놀랐습니다. 퀴퀴한 냄새에다가 벌레가 우글거립니다. 곧바로 마트로 갔습니다. 뭐라 한소리 하고 싶었는데 이젠 화내는 자신도 우스워 보이고 해서 그냥 환불만 해왔습니다. 미안해하지 않는 사람들, 얼굴색 하나 변하지 않는 저 표정, 이런 일은 별 대수롭지 않은 일에 속하는가 봅니다.

네팔 DFTQC(Department of Food Technology and Quality Control)에서는 매년 8~9월이 되면 가공식품과 생수 그리고 우유 및 유제품에 대한 오염도를 조사해서 발표합니다. 해마다 발표되는 통계의 결과는 비슷해 보입니다. 가공식품과 우유 및 유제품의 불량률과 오염도는 20% 정도입니다. 그러나 생수 오염도는 다른 가공식품에 비해 세 배나 높은 60%나 됩니다.

먼 거리를 왕래하는 차들은 아무 데나 차를 세우고 남녀노소 할 것 없이 길가에 흩어져서 볼일을 봅니다. 그나마 공중화장실이 있는 곳에는 사용료를 내야 하고 여전히 사람들로 붐비며 암모니아 냄새는 코를 찌르고 눈도 뜰 수 없을 만큼 맵습니다. 네팔에서는 어디를 가나 화장실 찾기가 힘듭니다. 조금만 방심하면 분뇨를 밟기 십상입니다. 특히 풀밭에서는 조심해야 합니다. 전봇대는 단골 화장실이 된 지 이미 오래입니다.

버스나 택시를 타면 먼저 시트 상태를 살피게 됩니다. 한여름의 어느 날에 잡아탄 버스, 괜찮아 보이기에 앉았는데 엉덩이가 흥건하게 젖었습니다. 비가 온 것도 아닌데 이게 뭘까요! 또 한 번은 버스를 타고 차비를 줬는데 거스름돈을 주려고 만지작거리던 버스 차장이 돈을 돌돌 말더니만 이쑤시개로 사용하고선 한참 후에 건네는 게 아닙니까! 뭐라 할 수도 없고 받아든 손이 참 멋쩍어집니다. 이 외에도 돈의 사용처는 다양합니다. 손톱에 낀 때를 파내는 일, 귀를 후비는 일, 양손이 모자랄 때면 가끔은 입에 물기까지 합니다.

카트만두 외곽 도로인 링 로드 주변에 널어놓은 빨래는 뽀얀 먼지를 뒤집어쓰고 있고 버스 안에는 후텁지근한 공기와 함께 사람들 땀 냄새까지 정신이 혼미해지는 듯합니다. 정육점을 지나는데 고기 위에 새까맣게 앉은 파리 떼, 거리마다 넘쳐나는 쓰레기 그리고 분뇨, 가래침을 연신 뱉어대는 사람들, 코 후비는 사람들 등 어디를 가나 조심해야 합니다.

집에 들어와 손을 씻으면 구정물이 따로 없습니다. 집까지 걸어서 오는 날이면 머리엔 빗질이 안 될 만큼 먼지가 많습니다. 자주 손톱 밑에 때도 끼고 손톱은 누레지기까지 합니다. 이곳에서 살다 보면 자신도 모르게 그렇게 됩니다. 그러려니 하는 마음으로 살지 않으면 이곳에서 살아내지 못합니다.

채근담(菜根譚)에 나오는 내용입니다.

"糞蟲至穢 變爲蟬 而飮露於秋風 腐草無光 化爲螢 而耀采於夏月 固
知潔常自汚出 明每從晦生也"

"굼벵이는 지극히 더럽지만 변하여 매미가 되어 가을바람에 맑은
이슬을 마시고, 썩은 풀은 빛은 없지만 변하여 반디를 키워 여름 달밤
에 빛을 내게 한다. 깨끗한 것은 항상 더러움에서 나오고, 밝은 것은
어둠으로부터 생긴다."라는 뜻입니다.

며칠째 이어진 번더로 거리엔 온통 쓰레기

너머스떼, 꼬빌라 선생님!

깨끗함은 더러움에서 생겨나고 밝음은 어둠에서 생겨난다는군요. 우리가 보는 모습은 대부분 외적인 것입니다. 그래서 정말 중요한 본질을 놓치거나 못 보는 경우가 많을 거라 생각합니다. 깨끗함과 더러움의 차이가 있을까요? 그것 또한 상대적이거나 자신만의 기준일 뿐이라는 생각이 듭니다.

길을 가다가도 혼잣말로 중얼거릴 때가 있습니다. 아! 진짜 더럽다. 이곳에서 보이는 것들은 모두 다 더러워 보입니다. 가끔 그런 생각을 하곤 합니다. 눈에 보이는 더러움은 진짜 더러움일까, 눈에 보이지 않는다고 깨끗하다고 할 수 있을까? 더럽다고 생각하는 제 눈에 가려 정작 봐야 할 것들을 못 보지는 않았을까요?

'불구부정(不垢不淨)'은 불교경전인 『반야심경』에 나오는 말입니다. 글자 그대로 '더럽지도 않고 깨끗하지도 않다.'는 뜻입니다. 무엇이 더럽고 또 무엇이 깨끗하다는 것일까요, 자문해 봅니다.

낯설지만 익숙한 풍경

카트만두의 거리는 날마다 사람들로 붐빕니다. 그래서 어디를 가나 복잡합니다. 특히 도로에는 자동차, 오토바이, 자전거, 개나 소 그리고 사람까지 다닙니다. 신호등이나 횡단보도가 설치된 곳은 몇 군데 되지 않습니다. 그것마저도 시내 중심가에만 있기 때문에 도로를 건널 때는 무척 조심해야 합니다.

운전을 하는 경우라면 무단 횡단하는 사람들을 조심해야겠지요. 네팔 사람들은 쌩쌩하고 달려오는 차도 세우고서 건너는 습관을 가지고 있습니다. 차가 위험하다는 것을 잘 모르는 것인지 아니면 무조건 내가 먼저라는 생각을 해서인지는 모르겠습니다. 하여 도로 곳곳에서 이런 위험천만한 광경을 자주 목격하게 됩니다.

카트만두는 소음과 먼지와 매연의 도시입니다. 마구 울려대는 자동차와 오토바이 경적 소리 그리고 교통경찰들의 호루라기 소리도 큰 소음 중 하나입니다. 먼지도 많습니다. 제가 살았던 집은 여름에는 무척 더웠습니다. 하지만 더운 것보다 먼지가 더 싫어서 여름 내내 창문을 닫고 지낸 적도 있습니다.

그래도 먼지는 참을 만한데 자동차 매연은 정말 참기 힘듭니다. 차가 지날 때면 걸음을 멈추고 잠깐 숨을 참아보기도 하고 눈을 살짝 감아보기도 합니다. 3년 내내 마스크를 쓰고 다녔지만 시내 중심가를 나올 때면 마스크도 제 기능을 하지 못합니다. 마스크에는 언제나 두 개의 까만 동그라미가 새겨져 있습니다. 그 동그라미는 아무리 씻어도 잘 지워지지 않습니다.

어느 날 외출에서 돌아와 방문을 열어 놓았는데 어디선가 냄새가 납니다. 방문 앞에 있는 신발장에서 나는 냄새였습니다. 그렇게 피해 다녔건만 신발에는 따끈따끈한 소똥이 묻어 있었습니다.

도로에서 갑자기 버스가 멈춰 서면 대부분 소가 지나가거나 소를 피하기 위해서입니다. 거리에선 흔히 볼 수 있는 모습입니다. 깡마른 소들 그리고 피부병을 가졌거나 상처투성이인 거리의 개들은 연신 몸을 긁어댑니다. 쓰레기 더미를 뒤지거나 몸을 긁는 모습은 보기만 해도 온몸이 가려워지는 듯합니다. 하루도 빠짐없이 온몸을 알코올로 소독한다는 한국에 있는 친구의 아버지가 생각났습니다. 도시의 거리를 걷다 보면 저도 그러고 싶을 때가 있습니다.

네팔에 와서 놀란 것 중 하나는 사람들의 옷차림새였습니다. 30℃가 훨씬 넘는 한여름 날씨인데도 두꺼운 코르덴바지를 입은 사람, 가죽 재킷을 입은 사람, 방한복을 입은 사람, 양털모자와 목도리를 한 사람, 반소매에 반바지 차림을 한사람 등 각양각색입니다. 그야말로 사계절 차림새입니다. 사람들의 모습이 우스꽝스러워 보이기도 하고 좀

카트만두 거리 모습

모자라 보이기도 했습니다. 그런 제 생각과는 달리 사람들은 전혀 개의치 않는 듯했습니다.

사람들의 옷차림이 다양했던 이유를 한참 후에나 알았습니다. 일교차가 커서 하루에 사계절을 다 경험하는 것 같은 날씨 때문이었습니다. 외출할 때는 반드시 숄이나 점퍼 하나쯤은 준비해서 다녀야 합니다. 살다 보니 제 옷차림도 이들과 별반 다르지 않게 되었습니다. 이런 편안한 옷차림에서 느끼는 자유로움 또한 큽니다.

거리에는 슬리퍼를 신고 다니는 사람이 대부분입니다. 그런 차림으로 무거운 짐을 지고 나르기도 하고 짐을 진 채로 가파른 산을 오르

너머스떼, 꼬빌라 선생님!

내리기도 합니다. 슬리퍼를 신은 사람이 저렇게 자유롭게 다닐 수 있다니 아무리 봐도 신기합니다. 운동화를 신은 한국 사람과 슬리퍼를 신은 네팔 사람이 100m 달리기 경주를 한다면 누가 이길까요? 아마도 네팔 사람이 이길 것 같습니다. 학생에게 "왜 슬리퍼를 신고 다니느냐?"라고 물었더니 신발 살 돈이 없어서라고 하는군요.

우기는 5월 중순부터 시작해 9월 하순까지 이어집니다. 우기 때는 하루에 보통 한두 차례는 비가 내립니다. 처음에는 부지런히 우산을 챙겨서 다녔습니다. 그러나 무거운 가방을 들고 걸어 다녀야 하는 일이 많다 보니 우산이 짐이 되기도 해서 비가 올 때 길을 나서는 경우가 아니라면 우산을 챙기지 않습니다. 비가 올 것 같아도 우산을 챙겨 나오는 네팔 사람들은 거의 없습니다. 비가 와도 우산을 쓰고 다니는 사람 또한 별로 없습니다. 비는 맞으면 그뿐이라 생각하는 것 같습니다. 그러니 갑자기 비가 쏟아져 발 빠른 우산 장수가 나와도 별 재미를 보지 못합니다.

비가 오면 재미난 풍경을 볼 수 있습니다. 카트만두 시내는 배수 시설이 잘 안 돼 있어 큰비가 오면 차도나 골목이나 할 것 없이 하수구가 막히는 일이 잦습니다. 하수구가 막혀 도로로 물이 범람할 때면 어디선가 나타난 아저씨가 큰 장대를 하수구에 대고 노를 젓듯이 막힌 하수구 구멍을 뚫습니다. 참 오랜만에 보는 풍경이라 한참을 서서 구경했습니다. 예전에 우리나라도 저랬던 시절이 있었죠.

이곳 사람들은 비가 와도 빨래를 잘 걷지 않습니다. 하루에도 두어 차례 큰비가 쏟아지다가도 활짝 개다 보니 그냥 저 혼자서 비에 젖었다가 다시 드는 볕과 바람에 말랐다를 반복할 뿐입니다. 그런 풍경을 보고 있으면 네팔 사람들도 비슷한 성품을 가지고 있는 것 같아 보입니다.

우기 때에는 번개와 천둥 그리고 주먹만 한 우박이 떨어지기도 합니다. 네팔의 날씨는 변덕이 심합니다. 맑고 쾌청한 날의 마른번개, 굵은 비 몇 방울 떨어뜨리려고 그렇게 심란하더니 금세 숨은 해가 다시 떠오릅니다. 비가 오거나 말거나 빨래가 젖거나 말거나 알 수 없는 날씨만큼이나 알 수 없는 것이 네팔 사람들입니다. 지나가는 비, 싱겁게 오는 비를 여기서는 '심심해 빠니'라고 하는데 이렇게 심심하게 내리는 비는 이제 간간이 맞기도 합니다. 한여름, 쓰레기 번더가 며칠째 이어지고 거기다 비까지 내리면 거리는 온통 쓰레기로 가득합니다. 온 동네 골목은 금세 질퍽하고 물이 빠지고 나면 고약한 냄새까지 올라옵니다. 얼마 지나지 않아 다시 동네 곳곳은 사람들이 내다 버린 쓰레기들로 물결을 이룹니다.

어느 날 어스름 녘에 집으로 가는데 동네 골목이 깨끗하네요. 거기다 석회 가루까지 뿌려 놓았습니다. 집 가까이에 있는 공터를 지나는데 반딧불이 몇 마리 반짝이며 날아오릅니다. 카트만두에도 아니 도심한가운데 있는 우리 집 가까이에도 반딧불이가 살고 있었던 것입니다.

가장 듣고 싶은 말, '미안하다'는 말

너레스 버스네트를 만난 것은 학교에서였습니다. 레벨 테스트를 받고 싶다며 라마씨와 함께 학교로 찾아왔습니다. 두 사람은 모두 10년 넘게 한국에서 일했다고 했습니다. 레벨 테스트 받는 절차를 알려주고는 학교 매점에서 차 한잔을 나누고 헤어졌습니다.

그 후로도 가끔 학교로 찾아왔고 우리 반 학생들과 함께 어울려 차를 마시기도 했습니다. 너레스는 한국어학과 학생이 아니었지만 1급 반 선생님과도 친분이 있었고 학생들과도 가깝게 지내는 것 같았습니다. 그리고 한국어학과에서 주최하는 소풍에도 따라왔습니다.

어느 날 집 가까이에 있는 컴퓨터 전문 상가에 USB 메모리를 사러 갔는데 어디선가 달려 나온 너레스가 반갑게 인사를 했습니다. 알고 보니 상가에서 가장 좋은 길목에 있는 컴퓨터 가게를 삼촌과 함께 운영하고 있다는군요. 함께 가게로 가서 몇몇 직원들과 인사를 나누고 차를 마시면서 이런저런 얘기를 나눴습니다.

어느 날 뜬금없는 전화 한 통을 받았습니다. S 전자 직원으로부터 걸려온 전화였습니다. 가져간 물건이 1년이 다 되어 가는데 왜 물건 값을 안 주느냐는 것입니다. 그래서 같은 상가에서 일하는 너레스에게 오래전에 주었노라고 말했습니다. 일단 너레스와 통화해 보라고 했더니 얼마 전까지는 연락이 닿았는데 지금은 직장도 그만둔 상태인데다 전화까지 안 된다고 했습니다. 너레스에게 연락을 해 보겠노라고 하고서는 전화를 끊었습니다.

이게 무슨 소린가! 1년이 다 되어가는 얘기를 지금에서야 하다니 참 어이가 없었습니다. 사연인즉, 학교에서 사용하는 프린트기의 토너를 S 전자에서 외상으로 산 적이 있었습니다. 자주 이용하는 가게라 며칠 뒤 주겠노라며 물건만 들고 온 적이 있었습니다. 그리고는 며칠 뒤 우연히 너레스를 만났습니다. 너레스는 출근하는 길에 차 한잔 마시러 학교에 들렀다고 했습니다. 잘됐다 싶어서 같은 상가에 있는 S 전자에 좀 갖다 주라고 토너 값을 봉투에 담아 건네주었던 것입니다.

S 전자 직원과 통화 후 곧바로 너레스에게 전화를 걸었지만 연결이 되지 않았습니다. 상황을 좀 더 정확히 알아야 했습니다. 그래서 한국말을 잘하는 우리 학과 학생에게 전화를 걸어서 S 전자 직원의 연락처를 알려 주고는 전화해서 일이 어떻게 된 건지 자세히 알아봐 달라고 부탁했습니다. 얼마 후 그 학생에게서 전화가 왔습니다.

내용인즉 이랬습니다. 너레스로부터 물건 값의 반만 받았다는 것입니다. 그리고 같은 건물에 있다 보니 자주 마주쳤나 봅니다. S 전자 직원이 만날 때마다 "너네 선생님에게서 돈을 더 받아야 하니 어디 있느냐?"라고 너레스에게 물으면 포카라에 갔다느니 산에 갔다느니 이 핑

너머스떼, 꼬빌라 선생님!

계 저 핑계를 대면서 1년을 끌어온 모양이었습니다.

직원은 제가 물건 값의 전부를 준 사실을 모르고 있었습니다. 생각해보면 잘못은 저에게 있습니다. 직접 갖다 줬으면 되었을 것을 맡긴 게 잘못이었지요. 너레스는 참 겁 없는 사람이라는 생각이 듭니다. '그냥 놔둬 버릴까?'하는 생각도 들었지만 제 일이니 마무리 지어야겠다고 생각했습니다.

후로도 전화를 여러 번 걸었지만 연결은 되지 않았습니다. 몇 달이 지나도 여전히 연락이 닿지 않아 집을 한 번 찾아가야겠다는 생각을 하던 중이었는데 때마침 우리 학교 학생 한 명이 EPS 트레이닝센터에서 너레스와 함께 훈련을 받았다고 말해주었습니다. EPS 센터에 근무하시는 분에게 부탁해 너레스의 연락처를 받았습니다.

전화 통화를 시도한 지 세 번 만에 겨우 연락이 닿았습니다. 묻지도 않았는데 이런저런 변명을 늘어놓기 시작했습니다. 애써 점잖은 목소리로 "빠른 시일 안에 돈을 갖다 주라."고 말했더니 알겠다고 했습니다. 그 후로 한 달이 지나도 감감무소식입니다. 다시 전화했지만 연결이 되지 않았습니다.

우여곡절 끝에 너레스를 S 전자에서 만났습니다. 담당 직원에게 돈을 건네며 거듭 미안하다고 사과하고 나오는 길. "너의 행동에 무척 실망했다. 다음부터는 그러지 않았으면 좋겠다."라고 했더니 너레스가 정말 미안하다며 고개를 숙여 인사했습니다. 정말 미안하기는 한 건지 되묻고 싶었지만 참기로 했습니다.

이 일을 끝까지 해결하려고 했던 이유는 단 한 가지였습니다. 너레스가 한국 사람들을 우습게 여기는 것 같았기 때문입니다. 그리고 다시 한국에 일하러 갈 텐데 이런 모습으로 간다면 많은 사람들을 실망시킬 테고 또 주변 사람들을 힘들게 할 것이기 때문입니다.

2011년 겨울 학기 개강하고 한 달 후 더사인(Dashain)*과 띠할(Tihar)** 동안 한 달간의 방학이 있었습니다. 방학이 끝나고 다시 학교에 나왔습니다. 그런데 수업을 하는 교실에 자물쇠가 하나 더 채워져 있는 게 아닙니까! 방학이 길어서 집기나 비품 도난 방지를 위해 해 놨거니 생각했습니다. 학생을 시켜 열쇠를 좀 가져오라고 했는데 돌아온 학생이 하는 말이 학교 측에서 열쇠를 못 준다는 것이었습니다.

영문을 몰라 부학장실로 급히 내려갔습니다. 부학장에게 열쇠를 못 주는 이유가 무엇인지 물었습니다. 이유인즉 제가 돈을 받고 학생을 한국에 보내줬다고 해서 학생회에서 문을 잠그라고 했다는 것입니다. 그런 일이 있다면 나에게도 확인해야 하는 것 아니냐고 했더니 그냥 씨익 웃고 마네요. 그래도 수업은 해야 하니까 일단 문을 열어 달라고

---

* 네팔 최대의 힌두교 축제로 몬순 직후 추수가 끝난 9월 말이나 10월 초에 시작해서 2주간 계속되며 이 동안에는 모든 학교와 관공서가 문을 닫습니다.
** 더사인 다음으로 중요한 축제이며 빛의 축제로서 힌두축제로서는 가장 매혹적이고 현란합니다. 더사인이 지난 후 5일간 이어집니다.

했더니 열어줄 수 없다고 합니다. 그러면 지금 확인하자고 했더니 학장이나 학생회장이 언제 나올지 자신도 모른다는 것입니다.

일이 생기면 매번 이런 식입니다. 저는 할 말을 잃었습니다. 더는 말을 걸고 싶지도 않았습니다. 결국 그날은 학생들과 찻집에서 찌아 한 잔 마시면서 방학 동안에 있었던 이야기로 수업을 대신했습니다. 집으로 돌아오는 길, 네팔에 살면서 참 별일도 많다는 생각이 들었습니다.

다음 날도 교실 현관문은 어제와 같이 채워져 있었습니다. 지금껏 봐 온 학교 관계자들의 모습으로는 해결될 방법이 없어 보였습니다. 일단 수업은 해야 하고 그러려면 어떻게든 문을 열어야 했기에 만나자고 제의했습니다. 더는 지켜볼 수 없어 시간과 장소를 정해서 학교 측에 통보했습니다. 어디서부터 일이 꼬였는지는 알 수 없는 일 그리고 일을 한 번에 끝내려면 관계자들 모두와 얘기하는 것이 좋을 거라 생각했습니다. 참석 대상자는 학교의 학장과 부학장 그리고 학생회장, 한국어학과 선생님들과 저, KOICA 관리요원 1명이었습니다.

며칠 뒤 오전 11시, 학장실에서 만났습니다. 학장은 말하기를 굉장히 좋아하는 사람이어서 한번 말을 꺼내면 끝이 없습니다. 학생회에서 달걀 세례를 가장 많이 받은 학장이기도 하고 지금껏 2년 넘게 학교에 있으면서 무슨 일이 생겼을 때 단 한 번도 속 시원히 해결하는 것을 본 적이 없습니다. 학생들의 평가도 그렇지만 제가 보기에도 학장은 무능해 보였습니다. 제가 주선한 자리니 진행은 제가 맡기로 했

습니다. 무엇이 문제인지 왜 그랬는지에 대해 먼저 말해주면 설명해
주겠다고 했습니다.

그날 나왔던 문제는 크게 두 가지였는데 하나는 소문에 의하면 멀
티미디어실에 있는 컴퓨터와 집기를 모두 가져가 버렸다고 하는데 그
게 사실이냐고 묻더군요. 참 어이없는 질문을 하네요. 그것은 회의를
마치고 함께 확인하자고 했습니다. 또 하나는 이번에 한국으로 어학
연수를 간 친구에게 돈을 받았다고 하던데 사실이냐고 물었습니다.
그리고 한술 더 떠서 그 친구는 인도 국적을 가진 학생이라고 말했습
니다. 그리고 장학생을 선발해 한국에 보내주면서 왜 학생회장인 자신
에게 서류를 보내지 않고 허락도 받지 않느냐는 것입니다.

너무 어처구니없는 질문들이라 적잖이 화도 났지만 그래도 참아보
기로 했습니다. 한국에서 연수중인 그 학생에게 먼저 확인해 봤는지
를 물었더니 대답은 않고 말꼬리를 돌려버립니다. 네팔 특유의 '카더
라' 식의 말만 되풀이하고 있었습니다. 어떻게 남의 말만 듣고서 마치
그런 듯이 이렇게 태연스럽게 말할 수 있는 건지 알 수 없는 노릇입니
다. 하지만 흥분을 가라앉히고 그에 대한 답을 했습니다. 돈을 주었
다는 사람에게 먼저 확인해 봐라 그리고 인도 국적을 가진 학생이 어
떻게 네팔 여권을 소지할 수 있느냐고 말입니다. 그리고 장학생을 보
내면서 학생회에 보고하는 것은 어느 나라 법인지 모르겠다고 말입니
다. 한 달 후쯤 그 학생이 들어오니 확인해 보라고 했습니다.

너머스떼, 꼬빌라 선생님!

화가 나서 견딜 수가 없었습니다. 마음 같아서는 있는 그대로의 감정을 표현하고 싶었습니다. 하지만 격해지는 감정을 꾹꾹 누르고서 그래도 할 말은 해야겠다는 의지와 단호한 생각으로 말을 꺼냈습니다. "항상 남의 말을 쉽게 하고 사실 확인도 하지 않은 채 이런 행동을 해도 되는 건지 무척 실망스럽다. 그리고 우리끼리 해야 할 약속도 하나 있다." 라고요. 그리고 "사실 여부에 대한 확인도 없이 사실인 양 말하는 학생회장은 이 일이 거짓으로 확인될 경우 혀를 자르고 만약 내가 돈을 받은 것으로 확인된다면 내 오른쪽 손목을 자르겠다."라고 했습니다.

동의할 수 있느냐고 물었더니 답은 않고 표현이 너무 과격하다고 하는군요. 저도 알고 있습니다. 제가 너무 과격한 표현을 하고 있다는 것을. 그러나 그것은 더는 그들의 말장난에 놀아나고 싶지 않았고 어떻게든 그 고리를 끊고 싶은 제 의지의 표현이었습니다. 지금 당장에라도 확인만 된다면 그렇게 하고 싶은 마음이라고 했습니다. 말꼬리를 흐리게 하면서 '뭘 그런 거 가지고 그러느냐?'는 식의 태도를 보입니다. 그리고 회의 시작 전 모두의 동의하에 녹음을 하고 있었는데 학생회장이 갑자기 녹음기를 꺼 달라고 했습니다. 끌 수 없다고 했더니 재차 요청하는군요. 일단 녹음기를 껐습니다.

정말 만 가지 정이 다 떨어지더군요. 당장 한국으로 돌아가고 싶었습니다. 소리 내어 엉엉 울고도 싶었습니다. 1년 더 연장까지 했는데 뭘 하자고 이런 푸대접과 오해를 받아 가면서 이러고 있는지 자신이 한심스럽게 느껴졌습니다. 그런데 더 가관이었던 것은 학생회장이 "그렇게 하지 않았다."라고 학교 정문에 게시물을 붙여 달라는 것입니다. "그건 내가 당신에게 부탁할 일"이라고 말해 주었습니다. 내일부터 수업할 수 있게 문을 열어 놓으라고 말해 놓고선 시작도 끝도 없는 그리고 아무런 결론도 나지 않는 회의를 끝냈습니다.

곧바로 학교 담당자와 함께 멀티미디어실로 올라가 비품 확인을 했습니다. 비품에는 아무런 문제가 없었습니다. 비품 검사는 1년에 한 번씩 해오던 터였습니다. 그리고 학교 측에서도 열쇠를 가지고 있었고 학과 선생님들도 하나씩 가지고 있어서 문제가 생기더라도 저만의 문제는 아니었던 것입니다.

이 일이 있고 난 후에도 찻집에서 여러 번 학생회장을 만났지만 미안하다는 말은 하지 않았습니다. 물론 게시물도 붙이지 않았습니다.

그들에게 저의 모습이 다르게 비칠 수도 있다고 생각합니다. 또 사람이니 오해도 할 수 있을 것입니다. 하지만 아무런 의미도 없는 이런 싸움을 몇 번 하고 나니 더는 네팔 사람들과 부딪치고 싶지 않았습니다. 뭐 그럴 일도 없지만 말입니다. 이번 일을 겪고 나니 선임자가 해준 말이 생각났습니다.

"선배님, 학교에서 무엇을 조심해야 할까요?"
"학생들과 너무 가까이 지내지 마세요. 말이 많은 곳입니다."

첫 학기 학생이었던 홈 나트씨는 학생 중에서 가장 나이가 많았습니다. 저를 몇 개월간 지켜보던 이 학생이 해 준 말은 "선생님, 학생들에게 너무 잘해 주지 마세요."였습니다. 학생들과 너무 가까이 지낸 탓이었을까요, 그렇지만 저는 아직도 그 이유를 잘 모르겠습니다.

지나간 2년보다 연장 후 1년이 더 힘들었습니다. 몸도 마음도 자주 지쳤습니다. 집주인이 그랬고, 쁘렘이 그랬고, 너레스가 그랬고, 학교와 학생회가 그랬습니다. 네팔에 살면서 가장 듣고 싶었던 말은 '미안하다'는 말 한마디뿐이었습니다. 그러나 그 말은 참으로 듣기 어려운 말이었습니다.

미안하다는 말을 하지 않는 사람들에게 그토록 미안하다는 말을 듣고 싶어 했던 이유는 무엇이었을까요? 아마도 잘못을 인정하지 않으려는 네팔 사람들의 태도가 못마땅하게 여겨졌기 때문이라 생각합니다.

곰곰이 생각해 보면 한편으론 이해가 가기도 합니다. 종교적인 세계관이 우리와는 다르다는 것을 말입니다. 그들은 자신이 쌓았던 업은 자신이 받을 것이므로 굳이 남에게 말할 필요가 없다거나 또한 그 일로 고마워할 필요도 미안해할 필요도 없다고 생각하기 때문입니다. 그래도 자신이 잘못한 일에 대해서 인정하고 '미안하다'고 말할 줄 아는 사람들이었으면 좋겠습니다.

이웃사촌 쁘라띠끄네와 수니따네

2년여 동안은 카트만두 시내에서 살았습니다. 제가 살던 집은 학교까지 걸어서 10여 분 정도 걸리는 풋덜리서닥 인근에 있었습니다. 집은 한 건물로 되어있지만 두 동으로 나눌 수 있습니다. 왼쪽 동은 아래층엔 가정부 그리고 2층부터는 주인 부부가 살고 있습니다. 오른쪽 1층에는 쁘라띠끄 빤트네가 2층에는 제가 3층에는 네팔리 의사 부부가 4층에는 프랑스 청년 한 명 그리고 5층 다락방엔 JICA(자이카: 일본 국제협력기구) 단원 한 명이 살았습니다. 한 대문을 사용하고 있는 옆집 사람들의 국적인 인도를 합하면 모두 5개국의 국적을 가진 사람들이 모여 삽니다. 가히 국제적이라 할 수 있죠.

그러나 서로 생활이 다르다 보니 마주치는 일은 별로 없습니다. 그러니 그 집에 사는 동안 두세 번의 인사만으로 지낸 이들도 있습니다. 사람들이 출근을 하고 나면 집에는 주로 1층에 사는 가정부와 쁘라띠끄의 엄마인 꺼밀라씨만 남습니다.

꺼밀라씨의 가족은 모두 네 명입니다. 남편은 트리뷰반국제공항에서 일하며 슬하에 1남 1녀를 두었습니다. 첫째인 쁘리앙카는 초등학교 1학년 여자아이로 큼직한 눈에 굵직한 쌍꺼풀이 매력적인 예쁜 아이입니다. 유치원생인 쁘라띠끄는 여섯 살로 수줍음이 많고 또 웃는 모습이 무척 귀여운 사내아이입니다.

쁘라띠끄네 식구들은 전기가 나간 초저녁에는 항상 마당에 나와서 놉니다. 집안보다 밖이 더 밝기 때문입니다. 그 시간이면 아이들은 어김없이 공차기를 합니다. 이내 옆집에 사는 우르자와 우망도 함께 합니다. 우르자는 쁘리앙카보다 네 살 위이고 우망은 두 살이 많지만 잘 어울려 놉니다. 그 시간은 하루 중에서 유일하게 아이들의 웃음소리가 담장을 넘어가는 시간입니다. 가끔 저도 아이들과 함께 공차기를 합니다. 몸이 금세 땀으로 흠뻑 젖습니다. 역시 땀을 흘리고 나면 기분도 좋아집니다. 아이들과는 친하게 지내서 장을 보러 동네 시장도 함께 가고 주말이면 가끔 우리 집에서 만화영화도 보고 배가 고플 때에는 한국 라면도 끓여서 먹습니다.

쁘라띠끄네는 3평이 채 안 되는 방 한 칸에 모여 삽니다. 물론 싱글침대 하나 정도가 들어가는 작은 손님방이 하나 더 있기는 하지만 평상시에는 잘 사용하지 않습니다. 방이 안쪽으로 들어가 있어 낮에도 전기가 들어오는 날에도 여전히 방안은 어둡지만 식구들의 표정은 모두 밝기만 합니다. 또 마음씨 넉넉한 꺼밀라씨 덕분에 찌아와 맛있는 음식을 얻어먹기도 했습니다.

언젠가 한국에서 온 김을 선물로 주었더니만 맛있게 잘 먹었다며 로띠(밀가루로 만든 네팔식 빵)를 한 접시 가득 담아서 가져왔네요. 제 몫까지 함께 구웠다는 말에 감동하고 말았습니다. 따끈따끈한 로띠만큼이나 마음도 따뜻한 꺼밀라씨. 그렇죠. 이웃사촌이란 음식을 함께 나눠 먹는 것이죠.

1년은 링 로드 밖에 있는 한 시골 마을에서 살았습니다. 물 때문에 더는 견딜 수가 없어서 물이 잘 나오는 한적한 시골 마을로 이사했습니다. 학교와는 많이 떨어져 있긴 하지만 산 가까이에 있어 공기도 좋고 무엇보다 바람이 아주 좋았습니다.

바로 옆집인 수니따네 집은 아버지는 농사를 짓고 어머니는 구멍가게를 하면서 틈틈이 바느질로 가내 수공업을 합니다. 가게에는 생필품뿐만 아니라 LPG 가스나 생수도 취급하므로 자주 이용하게 되었고 또 배달도 해주니 여러 가지로 편리했습니다. 수니따네 부모님은 제 나이와 비슷해서 편하게 왕래했고 간식거리가 있을 때면 자주 갖다주기도 했습니다. 그렇게 허물없이 잘 지내다가 그만 언성을 높이는 일이 생기고 말았습니다.

제가 사는 마을에는 상수도가 들어오지 않아 우리 집은 지하수를 사용했고 수니따네 집은 물론 지하수이지만 우물을 사용했습니다. 우리 집은 모터로 지하수를 퍼 올려 정화하면 자동으로 지하에 있는 탱크에 물이 저장됩니다. 그 물은 다시 펌프를 이용해서 옥상에 있는 물탱크로 끌어올려서 사용합니다. 혼자서 사용하면 보통 3~4일에 한 번씩 물탱크에 물을 채웁니다. 언제부터인가 가끔 물이 안 나오는 것입니다. 그럴 때마다 물탱크를 확인하면 항상 물이 없습니다. 전기까지 들어오지 않는 날은 물을 사용할 수 없게 됩니다. '왜 그럴까?' 하는 의문은 들었지만 그냥 몇 번을 그렇게 지나갔습니다.

그러던 어느 날 퇴근하고 집에 들어오는 길에 주변 밭에다 물을 주고 있는 수니따 아버지를 보게 되었습니다. 혹시나 해서 봤더니 호스는 우리 집 옥상 물탱크로 이어진 파이프에 연결되어 있었습니다. 뒤쪽 담을 넘어와서 물을 사용하고 있었던 것입니다. 한두 번이 아닌 듯했지만 오늘은 그냥 웃으면서 말했습니다. "담을 넘는 것은 도둑들이나 하는 일입니다. 그리고 물은 제 허락을 받은 뒤에 사용해 주세요."라고 말입니다. 건기라 밭이 메말라서 그랬다고만 하고 미안해하는 표정은 전혀 보이지 않았습니다.

방학 때 산을 다녀오느라 열흘 정도 집을 비운 일이 있었습니다. 집으로 돌아와 샤워하려고 수도꼭지를 틀었는데 단 한 방울의 물도 나오지 않습니다. 산에서 열흘 동안 샤워 한 번 못했으니 오죽했겠습니까. 혹시나 해서 옥상에 올라갔더니만 물탱크는 역시 텅텅 비어 있었습니다. 모터 스위치를 올렸는데 작동하지 않습니다. 정전 일정표를 보니 전기는 나가 있었습니다. 수니따의 아버지는 집에 없었습니다. 결국 수니따에게 한소리하고 왔습니다. 한 번 만 더 이런 일이 생기면 경찰을 부르겠다고 말입니다. 물론 경찰이 온다고 해서 외국인인 제 편을 들어줄 리 만무하겠지만 말입니다.

우망과 쁘라띠끄 그리고 쁘리양카와 우르자　　　　수니따 엄마가 준 선물

　　며칠 뒤 그날은 학교에 갔다가 집에 일이 있어 조금 일찍 들어온 날이었습니다. 마침 수니따의 아버지는 밭에 물을 대고 있었습니다. 또 우리 집 담을 넘었던 것입니다. 밭에다 물을 주고 있는 수니따 아버지에게 "당신을 경찰서에 신고하겠다."라고 했더니 이런저런 변명들을 늘어놓기 시작합니다. "당신이 지금 하고 있는 행동이 범죄라는 사실을 알고 있느냐?"라고 한마디 덧붙였더니 또 그냥 웃고 마네요.

　　그 일로 두 번이나 펌프가 고장이 났고 고치는데 들어가는 비용은 고스란히 제가 내야 했습니다. 한동안은 물도 사용할 수 없었습니다. 고장이 나고 비용이 들고의 문제를 떠나서 사람을 불러야 하고 또 수리하는데 드는 시간도 만만치 않아서 여간 성가신 일이 아닐 수 없습니다.

너머스떼, 꼬빌라 선생님!

출국 날짜가 다가오면서 짐 정리를 하다가 옷가지며 이불과 전기장판, 주방용품 등을 한 보따리 싸서 갖다 주었습니다. 며칠 뒤 떠나는 저를 수니따 엄마가 불러 세우더니 선물꾸러미를 내밀면서 하는 말 "그동안 고맙고, 미안했어요."라고. 직접 만든 토끼 모양을 수놓은 가방과 열쇠고리 그리고 빨간색 하트였습니다. "저도 고마웠어요."라고 했더니 와락 껴안네요. 서로의 등을 토닥였습니다. 그리고 건강하라고, 행복하라고. 물 문제 때문에 두어 번 언성을 높이긴 했지만 수니따네는 여전히 미운 정 고운 정이 많이 들었던 이웃사촌이었습니다.

제가 가르쳤던 학생인 홈 나트씨와 그의 형인 랄 쁘러싸드씨네 가족과는 정말 한 가족처럼 지냈습니다. 형제는 우애가 깊어 동생은 형님네를 부모처럼 여기고 형은 아우네 식구들을 잘 챙깁니다. 동생은 10년 가까이 형은 15년 정도 한국에서 일을 하고 와서인지 한국말은 물론 한국 사람과도 허물없이 잘 지냈습니다.

한국에서 일했던 회사 사장님과도 신의가 두터워 지금까지도 서로 왕래하면서 형제의 사업을 도와주고 있는 모습을 보면 그 관계가 부럽기도 합니다. 형제는 저를 자주 집으로 초대해 주었습니다. 가족모임은 물론 한국의 명절인 설날과 추석을 비롯해 네팔 명절에도 말입니다. 그럴 때면 네팔이 아닌 한국에 와 있는 듯한 착각이 들 만큼 편안하고 정다웠습니다.

남편과 함께 무역업을 하는 딜루 구룽은 저보다 세 살 아래지만 친

홈 나트씨네 가족들과 함께

딜루 사무실에서

써르밀라씨와 소바

너머스떼, 꼬삘라 선생님!

구로 지냈습니다. 터멜에 사무실이 있어 그곳에 나갈 때면 가끔 만나 찌아를 마시면서 아이 얘기며 친정어머니 얘기며 사업 얘기 그리고 무엇보다 여행 계획에 대한 얘기를 주로 많이 나누었습니다. 언제 만나도 참 편안한 친구였습니다.

또 마음을 잘 쓰는 치트완에 사는 소바씨, 생일상 차려 놓고 초대해준 써르밀라씨네와 루드라씨네 그리고 젊은 나이에 남편을 먼저 보냈지만 씩씩하게 아이 키우면서 잘 살고 있는 무나, 나이 들어 마누라 귀한 줄 알게 되었다는 라마씨. 돌아보니 참 좋은 이웃이 많았다는 것을 새삼 느끼게 됩니다.

이색적인 문화

처음에는 보는 것마다 마냥 신기한 것들뿐이었습니다. 그러다 현지인들과 부딪치는 일들을 만나게 되면서부터 실망스러운 일들이 하나 둘씩 생겨났습니다. 때론 이해가 안 돼 화를 내기도 하고 또 두어 번 다투기도 했습니다. 그러나 시간이 흐를수록 네팔 사람들의 행동이 조금씩 이해가 되기 시작했습니다. 네팔 특유의 고립된 지리적 환경이나 힌두교 문화 그리고 다양한 민족과 오래된 관습 때문이라는 것을 말입니다.

다양한 민족만큼이나 다양한 문화가 공존하고 있는 네팔. 한국과는 너무나도 다른 네팔의 이색적인 문화에는 어떤 것들이 있을까요?

번더

번더는 시위나 파업으로 인해 문을 닫는 것을 말합니다. 번더는 주로 정당에서 해왔지만 요즘은 각 단체에서 요구하는 사항들을 관철하기 위해 행해지는 경우가 많습니다.

번더를 하게 되면 상점 문을 닫는 것은 물론 차량을 통제하는 경우도 있습니다. 관공서나 학교도 예외는 아닙니다. 이를 지키지 않는 경우에는 시위자들이 운행하는 차에 돌을 던진다거나 쇠꼬챙이로 타이어를 찌른다거나 심지어 운전기사를 해치는 일들도 있습니다. 심할 때는 도로에 보도 차량이나 구급차도 못 다니게 합니다.

번더를 하면 사람들은 모두 걸어서 다닙니다. 차가 다니지 않으니 카트만두의 공기는 깨끗하고 상쾌합니다. 하지만 하루 벌어서 하루 먹고사는 막일을 하는 노동자들에게는 끼니를 걱정해야 하는 날이 되기도 합니다.

▎ 장례문화

힌두교인들은 사람이 죽으면 24시간 안에 화장합니다. 화장장은 바그머띠 강을 따라 여러 곳에 있습니다. 그중에서 규모가 가장 큰 곳은 뻐슈뻐띠나트 사원 바로 아래에 있습니다. 바그머띠 강은 인도의 성스러운 강인 강가(갠지스 강)의 상류 지역입니다. 그래서 인도 사람들은 이곳으로 성지순례를 옵니다. 사람들은 이 강에 몸을 담그고 세수도 하고 빨래도 합니다. 망자의 몸도 씻고 황천 가는 길에 목마르지 말라고 입에 물도 몇 모금 넣어줍니다.

번더 때 거리 모습

너머스떼, 꼬빌라 선생님!

어느 날 화장장에 갔습니다. 시신 한 구가 들어옵니다. 이내 장작 위에 올려집니다. 불을 붙이고 잘 타라고 기름과 설탕도 장작더미 속에 넣습니다. 시신이 조금씩 드러날 때마다 젖은 볏짚으로 덮기도 합니다. 그녀가 입었던 옷과 소지품들이 마대째로 강에 던져집니다. 시신과 장작과 기름 그리고 볏짚 타는 냄새가 묘합니다.

어느 여름날 시내 중심가에서 만난 낯선 풍경입니다. 대나무 들것 위에 주황색 천으로 덮은 시신을 메고 네 명의 장정들이 맨발로 뛰어갑니다. 그 뒤를 따르는 사람들도 모두 맨발입니다. 달구어진 아스팔트 위로 아지랑이가 피어오릅니다. '아침에 상여를 보면 재수가 좋다.'라는 우리나라 속담과는 달리 네팔에서는 '아침에 상여를 보면 재수가 없다.'라고 합니다.

화장장

┊ 느리기만 한 네팔

관공서에는 비효율적인 부분이 참 많습니다. 제가 주로 이용하는 곳은 은행이나 우체국입니다. 은행은 그래도 외국인 창구가 따로 있어 그나마 다행이지만 우체국은 그렇지 못합니다. 가끔 한국에서 오는 짐을 찾으러 가는 날은 마음먹고 가지 않으면 안 됩니다. 물건을 확인하는 일 그리고 세금을 매기고 서류를 작성하는 일 그리고 윗돈을 요구하는 공무원과 밀라우네를 하는 일 등 한없이 일 진행이 더디기만 합니다. 어떤 날은 박스만 확인하고 돌아오는 경우도 더러 있습니다. 고객센터가 잦은 비다⁽휴일⁾와 번더로 문이 닫혀 있기 때문입니다. 물건 하나 찾는데도 절차가 매우 복잡하고 시간이 오래 걸리고 거기다가 자주 문이 닫혀있기까지 합니다.

어느 날 안나푸르나 베이스캠프를 가기 위해서 국립공원 허가증을 받으러 관광청에 갔는데 이곳도 마찬가지입니다. 개인 입장권은 받았는데 팀 입장권 받는 곳은 비다라고 하네요. 옆에서 지켜보고 있던 경비 아저씨가 내일 다시 오라고 합니다. 이 때문에 두 번 일을 하게 되는 경우가 많습니다. 여하튼 모든 곳에 밀라우네가 필요하고 많은 시간이 필요합니다.

너머스떼, 꼬빌라 선생님!

죽은 개 치우는 직업

어느 날 더르바르 마르그(King's Way)를 걸어가고 있는데 큰 개 한 마리가 죽어 있었습니다. 냄새가 코를 찌르는 걸 보니 며칠은 지난 듯했습니다. 쓰레기를 치우는 차나 리어카가 지나가도 치우지는 않습니다. 또 한 번은 싱허덜발(네팔정부청사) 앞에 있는 횡단보도에서 보았습니다. 벌레가 들끓고 있는 걸 보니 오래 방치된 듯 보였습니다. 인사 사고도 그렇습니다. 사고가 나도 곧바로 시신을 치우지 않습니다. 왜 그러느냐고 물어봤더니 불가촉천민에 속하는 신분으로 그 일만 하는 사람들이 있다더군요. 시신을 만지는 일이 부정(不淨)한 일이기도 하고 또 그 일을 하는 사람들이 많지 않아서이기도 하다네요.

모든 서류에 필요한 할아버지 이름

대부분의 서류에는 할아버지 이름을 적어야 합니다. 경찰 시험을 보려고 준비해 온 학생의 서류를 본 적이 있었는데 재미있게도 할아버지 이름을 적는 칸이 있었습니다. 관공서에서도 은행 계좌를 개설할 때에도 제출하는 서류에는 반드시 할아버지 이름을 적어야 한다고 했습니다. 이는 카스트를 알기 위한 것이라고 합니다. 카스트 제도는 폐지된 지 오래지만 여전히 네팔 사람들의 발목을 잡고 있는 듯합니다.

모든 짐은 이마로

네팔 사람들은 보통 머리끈을 이용해 이마로 짐을 집니다. 카트만두에서는 머리끈을 들고 거리 곳곳에 앉아 있는 짐꾼들의 모습을 흔히 볼 수 있습니다. 농촌이나 산골 사람들은 주로 바구니를 머리끈으로 연결해 사용합니다. 바구니 속에는 땔감으로 사용하는 나무나 꼴 먹일 풀도 있지만 어린아이나 병든 부모님을 지고서 산을 오르내리는 모습도 볼 수 있습니다. 자신의 키를 훌쩍 넘겨버린 큰 짐도 자신의 몸무게를 훌쩍 넘어버린 무거운 짐도 튼튼한 머리끈 하나면 어떤 짐이든 문제없어 보입니다.

물을 마실 때는 물병째로

물병에 입을 대지 않고 병째로 물을 마십니다. 물을 마실 때 컵을 사용하지 않고 병째로 마시는 모습을 보면서 조금은 경망스럽게 느껴

모든 짐은 이마로

지기도 했습니다. 네팔 사람들은 침이 음식이나 물을 오염시킨다고 생각하기 때문에 요리를 할 때도 간을 봤던 숟가락은 절대 사용하지 않으며 또 물을 마실 때는 입을 대지 않고 마십니다. 네팔 사람들이 하는 대로 병째로 물을 마셔 보지만 흘리지 않고 자연스럽게 물을 마시기까지는 오랜 시간이 걸렸습니다.

⚟ 가도 가도 끝없는 길

네팔 사람들의 시간 개념은 한국 사람들과 다릅니다. 30분이라고 하는 거리는 우리에게는 1시간도 2시간도 걸릴 수 있는 거리입니다. 네팔 사람들은 분초를 다투는 다급한 일도 없거니와 시간을 꼭 알아야만 할 일들도 없습니다.

네팔 사람들의 걸음은 빠릅니다. 무거운 짐을 지고도 슬리퍼를 신고도 우리보다 훨씬 빨리 걷습니다. 아무리 먼 길이어도 네팔 사람들이 항상 하는 말처럼 '비스따러이 자누호스(천천히 가세요.)', 그렇게 가다 보면 어느새 목적지에 닿게 됩니다.

남자들이 손을 잡고

남자들끼리 손을 잡거나 새끼손가락을 걸거나 깍지를 끼고 다니는 모습을 자주 보게 됩니다. 또 서로의 뒷주머니에 손을 넣고 다니기도 합니다. 게이라고 생각할 수도 있겠지만 이곳에서는 흔한 풍경입니다. 우리 눈에는 영 어색하고 생소할 테지만 한국에서처럼 그냥 여자 친구들끼리 다정하게 다니는 것이라 생각하면 될 것 같습니다.

모든 물건은 저울로 달아서

무게가 나가는 대부분의 물건들은 저울로 달아서 팝니다. 이곳에서는 어디를 가나 크고 작은 저울을 볼 수 있습니다. 주로 장대 저울이나 양팔 저울을 많이 사용합니다. 우리 집 앞에 있는 야채 시장에는 전자저울을 사용하는 가게들도 점점 늘어나고 있습니다. 시장을 지나다 보면 옛날 고향 동네에서 열리던 오일장 생각이 납니다. 장대 저울, 향수에 젖게 하는 풍경입니다.

야채 시장과 저울

시작도 끝도 없는 행사

네팔 사람들은 말하는 것을 무척 좋아합니다. 행사의 개회사나 축사를 듣다 보면 본 행사가 무엇인지 잊게 되기도 합니다. 이어지는 인사말도 끝이 없습니다. 약속한 시간에 맞춰 행사가 진행되는 경우는 거의 없습니다. 행사의 주요 인물들이 도착해야만 진행되니까요. 그래서 행사의 시작과 끝을 짐작할 수 없습니다. 끝까지 있어야 할 자리라면 시간 계산을 해서는 안 됩니다. 그러면 마음의 평화를 잃어버리게 되니까요. 그래야 또 행사를 즐길 수 있습니다.

너머스떼, 꼬빌라 선생님!

모든 과일에는 소금을 뿌려서

먼지가 펄펄 날리는 길거리에서 오이를 잘라 내놓고 팝니다. 먼지가 묻었다고 씻어 달라고 해서는 안 됩니다. 씻는 물이 더 더러울 수도 있기 때문입니다. 오이를 먹을 때나 망고, 파파야, 파인애플 등의 과일을 먹을 때도 후추가 섞인 소금을 뿌려서 먹거나 고춧가루가 섞인 소금을 뿌려 먹기도 합니다. 처음에는 무슨 맛으로 먹나 싶었는데 자꾸 먹다 보니 그냥 먹으면 왠지 싱겁게 느껴집니다. 그 나름의 맛이 있습니다.

굴리오 미토처, 라또 라므로처

이 말은 '단 것은 맛있는 것이고, 붉은색은 좋은 것이다.'라는 뜻으로 네팔 사람들의 기본적인 생각을 엿볼 수 있는 말입니다. 네팔 사람들은 지나칠 정도로 단 음식을 좋아하는데 대표적인 단 음식에는 제리, 러스베리(러스굴라), 러두 등이 있습니다. 띠즈(여성의 날) 때나 잔치 때 입는 사리도 늘 이마에 하는 띠까(붉은색 염료로 이마에 찍는 점)도 모두 붉은색입니다.

붉은색 사리와 띠까 그리고 러두

손으로 아이들의 뺨을 때리는 사람들

새집으로 이사 가기 전 2년 동안 살았던 집에서는 주인집 청소를
해주는 아주머니가 한 명 있었습니다. 그 아주머니는 자기 아이에게
자주 소리를 지르고 또 뺨을 때리곤 했습니다. 이런 광경은 길에서도
흔하게 볼 수 있습니다. 학교에서도 빈번히 일어나는 일입니다. 이방
인인 제 눈에는 참지 못하고 무의식적으로 하는 행동처럼 보입니다만.
여하튼 네팔 사람들은 손으로 때리는 것보다 회초리를 사용해 때리거
나 맞는 것을 더 모욕적이게 생각한다고 합니다.

너머스떼, 꼬빌라 선생님!

자신에게 좋은 것은 세상에도 좋다

이 말은 네팔 사람들이 자주 사용하는 속담입니다. 어찌 보면 네팔 사람들은 굉장히 이기적이라는 생각이 듭니다. 네팔의 전통적인 가정은 대가족제도입니다. 그래서 부모와 형제, 가족에 대한 유대감이 남다릅니다. 그 이유는 오랜 시간 동안 다른 부족들과는 왕래가 별로 없었을 뿐만 아니라 또 문화와 풍습이 전혀 다른 종족들이 많기 때문이기도 합니다. 그래서 자신과 가족 그리고 자기 종족을 뛰어넘어 생각하기가 힘듭니다. 현재 직면하고 있는 네팔의 정치 상황도 근본적인 문제는 여기에서 비롯되지 않았을까 하는 생각을 해보게 됩니다.

커이, 께 버요? 께 거르네?

'커이', '께 버요?', '께 거르네?'는 네팔에 살면서 가장 많이 들었던 말이 아닌가 합니다. 사람들은 이야기할 때 주로 손을 많이 사용합니다. 그중에서도 가장 많이 사용하는 말과 제스처는 '커이, 께 버요?, 께 거르네?'입니다.

'커이'는 '잘 모르겠다, 나와는 상관없는 일이다.' 또는 '어쩌라고, 어쩔 건데'라는 말로 여러 상황에서 사용되는 뜻이 많은 말입니다. '께 버요?'는 어떤 일이 생겼을 때 '어떻게 된 거예요?, 무슨 일이에요?'라는 말인데 '커이'를 말할 때처럼 오른손 엄지와 검지를 펴고는 안쪽으로 손을 비틀면서 말을 합니다. '께 거르네?'는 자신이 해결하지 못할 일이 생겼을 때 '어떻게 합니까?'라는 뜻으로 먼저 오른손으로 왼손 바닥을 한 번 친 후 '께 버요?'와 같은 동작을 연이어서 합니다.

무슨 일이 생길 때마다 문제를 해결하려는 노력보다는 이 말만 되풀이하고 있으니 때론 답답하게 여겨질 때도 있습니다. 그러나 네팔 사람들은 모든 것을 신의 뜻으로 여기기 때문에 그것을 그저 운명이라고 생각합니다.

▍홀라 …… 언다지

궁금해서 무엇인가를 물어보면 말끝에 꼭 이 말을 붙입니다. '홀라 …… 언다지'는 '아마도 …… 그럴 걸'이라는 뜻입니다. 정확하게 말해야 하는 상황에서도 네팔 사람들은 이렇게 말하는 경우가 많습니다.

무엇 하나 분명한 것이 없어 보이고 무엇 하나 제대로 말하지 않는 그들을 보면 신뢰감이 생기지 않을 때도 있습니다. 하도 '홀라 …… 언다지'라는 말을 많이 쓰길래 분명하게 또는 정확하게 알려달라고 하면 당황스러운 기색을 보이거나 아니면 그냥 웃어버리는 경우가 많습니다.

네팔 사람들은 참으로 종교에 열심인 사람들입니다. 네팔 사람들에게 있어서 힌두교는 어쩌면 종교가 아니라 삶 그 자체인지도 모르겠습니다. 대부분의 힌두교 신자들은 "힌두교인은 태어나면서 되는 거야."라고 말합니다. 힌두교는 그렇게 자연스럽게 세습되고 있는 종교입니다. 그러므로 네팔 사람들을 이해하려면 그들의 종교인 힌두교를 잘 알아야 합니다. 그래야 그들의 문화를 알 수 있고 또 그들의 삶도 이해할 수 있으니까요.

다름을 인정하는 데에는 많은 시간이 걸렸습니다. 다름을 인정한다는 것, 그저 그 사실을 인정하는 것이죠. 서로 다름을 인정할 줄 알아야 또한 이해할 수 있습니다. 그래야 공감할 수 있습니다.

임자체(Island Peak, 6,189m)

볼거리

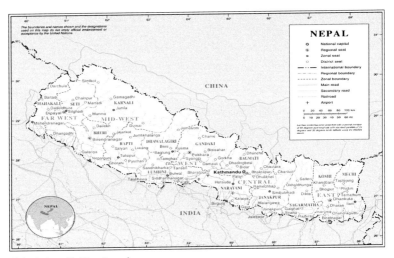

네팔 지도(http://wikimedia.org)

    네팔은 자연 지리학적으로 3개의 지역으로 나눕니다. 동쪽에서부터
북서쪽으로 이어지는 산악지대(High Himalayas, 히말리 체뜨러), 중간지대인
구릉지대(Middle Hills, 빠할리 체뜨러) 그리고 평야지대(Plains, 떠라이 체뜨러)
가 그것입니다.

    산악지대는 북쪽 지역으로 해발 3,000m 이상의 높고 긴 히말라야
산맥이 자리 잡고 있습니다. 구릉지대는 수도인 카트만두를 중심으로

한 중부지역으로 해발 600~3,000m 이하의 언덕들로 이루어진 지역입니다. 그리고 평야지대인 떠라이는 남부지역으로 대개 해발 600m 이하의 저지대로 이루어져 있습니다.

네팔의 기후는 아열대 몬순 기후로 사계절이 있지만 지역에 따라 다르고 여름이 길고 겨울이 짧은 것이 특징입니다. 히말은 겨울이 길고, 떠라이는 여름이 길고, 빠할은 그 중간 기후를 가지고 있습니다. 그러므로 빠할에 속하는 카트만두는 다른 지역에 비해 좋은 날씨를 보입니다.

이처럼 해발 70~8,848m 지역이 함께 존재하는 나라여서 다양한 자연의 모습과 볼거리가 많은 곳입니다. 다른 볼거리들도 많이 있지만 여기에서는 대표적으로 유네스코(UNESCO)가 지정한 세계유산과 관련하여 소개하도록 하겠습니다.

유네스코가 지정한 네팔의 세계유산은 모두 4개입니다. 문화유산으로는 카트만두 밸리와 룸비니가 있고, 자연유산으로는 치트완 국립공원과 서거르마타(에베레스트) 국립공원이 있습니다.

세계문화유산인 카트만두 계곡은 힌두교와 불교의 오래된 건축물인 사원과 불상, 스투파 등과 같은 유적지가 많은 곳으로서 그야말로 카트만두는 살아있는 박물관이나 다름없습니다. 또한 종교인들에게는 순례지로 유명한 곳이기도 합니다.

카트만두 밸리에 있는 주요한 유적은 모두 7개입니다.

하나, 카트만두 더르바르 스퀘어(Kathmandu Durbar Square)는 시내 중

칼 버이러브(Kal Bhairab) 신상

심에 있으며 광장에는 50여 개의 사원과 동서양의 건축 양식이 섞여 있는 역사 깊은 옛 왕궁이 있습니다. 이 왕궁은 주로 '하누만 도까'라고도 불리는데 실은 하누만은 원숭이 신을 그리고 도까는 입구를 말하는 것입니다. 하누만 도까는 원래 '원숭이 신상이 있는 왕궁 입구'를 가리키는 말이었지만 지금은 옛 왕궁과 그 부근도 함께 하누만 도까라고 부르고 있습니다.

  광장 안에서 가장 많은 참배객이 모이는 곳은 단연 시바 신의 화신 가운데 하나인 칼 버이러브(Kal Bhairab)의 신상 앞입니다. 오른손에는 칼과 창을 들었고 왼손에는 사람의 목과 팔을 들고 있는 신상의 모습

너머스떼, 꼬빌라 선생님!

이 무섭다기보다는 오히려 익살스럽게 느껴집니다. 또 살아있는 신으로 추앙받고 있는 쿠마리가 사는 쿠마리 사원도 있습니다. 가장 높은 곳에 있는 딸레주(Taleju) 사원에 올라가 광장 전체를 감상해 보는 것도 좋습니다.

더르바르 광장 가까이에는 유명한 어선 시장이 있고 쇼핑하기 좋은 뉴 로드도 있습니다. 카트만두 시내에 살다 보니 더르바르 광장은 자주 오가게 되는 곳이기도 합니다.

둘, 파탄 더르바르 스퀘어(Patan Durbar Square)는 카트만두 시내 남쪽에 있는 네팔의 정착 민족인 네와리(Newari)족의 옛 도시에 있습니다. 규모는 작지만 사원 하나하나의 건축구조와 조각은 완성도가 높아서 감상하는 즐거움이 있는 곳입니다. 그리고 불교와 힌두교 예술품들의 시대별 역사를 감상할 수 있는 파탄 박물관과 주변 카페 옥상에서 내려다보는 광장의 모습은 멋집니다.

주변에는 네와리 음식을 파는 전통음식점들이 많이 있어 한 번 둘러보면 좋을 것 같습니다. 네와리 전통음식이 먹고 싶을 때면 학생들과 함께 자주 찾아가던 곳이기도 합니다.

셋, 박터풀 더르바르 스퀘어(Bhatapur Durbar Square)는 규모가 굉장합니다. 카트만두 더르바르 광장이나 파탄 더르바르 광장과는 달리 인적이 드물고 아주 한적한 곳입니다. 또 보존 상태가 좋은 15세기 말라(Malla) 왕조 시대의 건축물과 유적들을 많이 볼 수 있습니다.

파탄 더르바르 스퀘어 & 박터풀 더르바르 스퀘어의 냐타폴라 사원 & 삐슈삐띠나트

너머스떼, 꼬빌라 선생님!

부파틴드라 말라(Bhupatindra Malla)왕의 청동상, 55개의 창이 있는 궁전과 그 입구인 골든게이트, 국립 미술관, 목공예 박물관, 황청동 박물관 등이 있습니다. 광장에서 가장 유명한 냐타폴라(Nyatapola) 사원은 높이가 무려 30m나 되고 또 직접 올라가 볼 수도 있습니다.

광장 주변에 있는 도기 광장(Potter's Square)도 유명합니다. 박터풀과 티미 지역의 특산물인 붉은 도기들이 늘어선 모습은 장관을 이룹니다. 또 박터풀 더르바르 광장은 영화 '리틀 부다'의 촬영지이기도 하고 '즈즈 더히'로도 유명한 곳입니다. '즈즈'는 네와리어로 '왕', '더히'는 '요구르트'로서 '왕이 먹던 더히'라는 뜻입니다. 요즘에 와서는 '더히 중에 더히'라는 뜻으로 박터풀에서 나오는 '즈즈 더히'를 최고로 칩니다.

15~18세기 후반까지 번영을 누렸던 말라 왕조의 도시, 좁은 골목길을 걷고 있노라면 시간이 멈춘 듯한 고대도시의 향기에 흠뻑 젖어들게 됩니다. 박터풀 더르바르 광장은 크고 넓기도 하지만 무엇보다 고즈넉해서 더욱 좋은 곳입니다. 저는 네다섯 번 정도 다녀왔는데 속속들이는 둘러보지 못했습니다.

넷, 뻐슈뻐띠나트(Pashupatinath)는 시바 신을 숭배하는 네팔 최대의 힌두 사원이자 힌두교인들의 성지입니다. 뻐슈뻐띠나트는 인도 갠지스 강의 상류로서 바그머띠 강이 흐르는 곳입니다. 이곳은 인도 사람들로 늘 북적대고 시바라뜨리(시바의 밤)라는 축제 때에는 수십만의 힌두교인들이 찾아오는 곳이기도 합니다. 또한 화장터가 있는 곳으로도

스웸부나트 & 보우더나트 & 짱구나라얀

너머스떼, 꼬빌라 선생님!

유명합니다.

띠즈가 되면 구헤쉬리(Guheswari) 사원에서는 빨간색 사리를 입은 여성들의 모습이 물결을 이룹니다. 화장터에서 이루어지는 화장, 수백 개나 되는 시바의 링거* 단지, 뻐슈뻐띠나트가 한눈에 보이는 화장터 맞은편의 전망대, 힌두교 신자만 들어갈 수 있는 뻐슈뻐띠나트 등 수많은 사원들이 있습니다. 이곳은 네팔에서 생활하면서 힘들고 어려운 일이 있을 때마다 자주 찾아갔던 곳이기도 합니다.

다섯, 스웸부나트(Swayambhunath)는 네팔에서 가장 오래된 불교 사원입니다. 이곳에는 원숭이가 많이 살고 있어 몽키 사원이라고도 합니다. 아주 오래전 카트만두가 호수였다는 전설이 있는데 그곳에서 피어난 거대한 연꽃을 기념하여 약 2,500년 전에 스웸부나트를 만들었다고 전해집니다.

제3의 눈이라고 불리는 부처님의 눈이 사방으로 카트만두 시내를 내려다보고 있습니다. 그곳에서 시원한 바람을 맞으며 감상하는 카트만두 시가지 모습은 아주 멋집니다. 티베트 불교의 스투파가 있는 곳이지만 힌두 신상도 많고 또 힌두 신자들이 예배를 드리는 모습도 흔하게 볼 수 있습니다.

스웸부나트는 불교 사원이지만 힌두교와 공존하면서 독특한 조화

---

* 산스크리트어로 심벌을 뜻하며 남성의 성기를 본뜬 조각상은 시바 신의 상징으로 숭배됩니다.

를 이루는 곳이기도 합니다. 여름밤이 되면 오체투지를 하며 사원 둘레를 도는 티베트 사람들을 많이 볼 수 있습니다. 스웸부나트는 제가 사는 집 가까이에 있어서 자주 들르던 곳이었습니다.

여섯, 보우더나트(Boudhanath)는 남아시아에서 제일 큰 스투파가 있는 곳입니다. 티베트 불교의 성지로 사원 주변에는 따망(Tamang)족과 티베트 사람들이 많이 모여 살고 있습니다. 사원에는 마니차*를 돌리면서 스투파 주변을 돌고 있는 사람들, 오체투지를 하는 사람들 그리고 모여든 관광객들로 연신 붐빕니다.

매월 보름밤에는 돔 아래에 있는 108개의 불상에 촛불이 켜지고 스투파 주변에 있는 버터 램프에 등불이 밝혀집니다. 해 질 무렵 주변 카페 옥상에서 바라보는 히말라야와 하나둘 밝혀지는 등불을 보고 있노라면 이내 황홀경에 빠지기도 합니다.

일곱, 짱구나라얀(Changu Narayan)은 카트만두 분지에서 가장 오래된 힌두 사원으로 모든 생명의 창조주인 비슈누의 화신인 나라얀을 섬기는 사원입니다. 10개의 비슈누 화신상과 실물 크기의 가루다(Garuda: 비슈누가 타고 다니는 동물)상 등이 있으며 최고 품질의 석재와 목재 그리고 금속으로 장식되어 1,600년간의 네팔 예술사를 파악할 수 있는 곳으

---

* 불구(佛具)로써 전경기(轉經器, prayer wheel)라고도 합니다. 아름답게 장식된 금속 원형 통 안에는 진언(眞言)이 들어 있고 손잡이 막대가 끼워져 있어 한 번 돌릴 때마다 진언을 한 번 외우는 것과 같은 효과가 있다고 합니다. 휴대가 가능한 작은 것과 물레방아에 연결해서 사용하는 대형 전경기도 있습니다.

너머스떼, 꼬빌라 선생님!

룸비니

로도 유명합니다. 조각과 불상들은 아주 정교하여 옛날 네와리족 사
람들의 솜씨를 엿볼 수 있습니다. 카트만두 외곽에 있다 보니 찾는 이
가 많지 않아 고즈넉해서 더욱 좋은 곳입니다.

세계문화유산으로 지정된 또 한 곳은 룸비니(Lumbini)입니다. 룸비니는 카트만두에서 남서쪽으로 약 300km 정도 떨어진 곳에 있으며 떠라이 평원 서쪽에 위치한 오랜 고도의 흔적이 그대로 남아있는 작은 도시입니다. 또한 석가모니의 탄생지로 불교도들의 성지순례지이기도 합니다.

석가모니가 고행의 시기를 보냈던 꺼삘버스뚜(Kapilvastu)에는 다양한 유물들이 지금도 발견되고 있다고 합니다. 석가모니가 태어난 곳을 기념하여 마야데비(Maya Devi) 사원이 건립되었으며 룸비니 개발 구역은 지금도 개발이 진행되고 있습니다.

한국 사찰인 대성석가사를 비롯하여 중국, 몽골, 부탄, 오스트리아, 독일 등 각 나라에서 지은 사찰이 있고 지금도 짓고 있는 중입니다. 룸비니는 종교적으로나 역사적으로도 그 중요성을 인정받고 있으며

치트완

서부 네팔 사람들의 생활양식을 엿볼 수 있는 문화적인 요소까지 지니고 있어 더욱 중요한 곳으로 평가되고 있습니다.

세계자연유산인 치트완 국립공원(Chitwan National Park)은 네팔에서는 처음으로 지정된(1973년) 국립공원입니다. 치트완 국립공원은 카트만두 밸리에서 남서쪽으로 140km 떨어진 곳에 있으며 932km²나 되는 넓은 지역에 걸쳐 풍부한 삼림과 아름다운 자연을 잘 간직하고 있는 각종 동식물들의 보고이기도 합니다.

멸종 위기에 처한 외뿔코뿔소와 벵갈호랑이, 갠지스악어, 네뿔영양, 줄무늬하이에나 등의 서식지로도 유명한 곳입니다. 이곳에 사는 조류는 500종 이상으로 세계에서 가장 많은 종이 살아가고 있는 지역이기

도 합니다. 그야말로 치트완은 새들의 천국입니다. 정글에서 하는 코끼리나 지프 사파리, 강에서 카누를 타고 하는 새 구경, 정글탐험, 코끼리 분만 센터 관광, 코끼리 경주, 지역 원주민인 타루족의 전통마을을 둘러보고 민속공연 등도 감상할 수 있습니다.

치트완은 평온하고 아득함이 있는 곳입니다. 라쁘띠 강의 저녁놀, 그 노을빛에 반짝이던 강물, 그 강물에 코끼리가 목욕하던 강변 풍경이 떠오릅니다. 치트완은 정글로 유명하지만 무엇보다 강변 노을이 아름다운 곳입니다.

또 다른 자연유산인 서거르마타 국립공원(Sagarmatha National Park)은 네팔 북동부에 있는 솔루쿰부 지역 중 넓이 1,148㎢로 세계에서 가장 높은 산인 에베레스트(8,848m)가 있는 곳입니다.

서거르마타 국립공원은 크고 작은 산들과 빙하와 계곡 그리고 눈표범, 작은 팬더 등과 같은 희귀 동물들이 살고 있는 곳이기도 합니다. 또 척박한 환경에서 일구어낸 셰르파족의 독특한 문화가 있는 곳입니다.

이곳에 있는 쿰부 빙하는 주로 에베레스트 등반로로 활용되고 있으며 에베레스트 베이스캠프까지 트레킹을 즐기러 오는 사람들이 많이 찾는 곳입니다. 저도 솔루쿰부 지역 트레킹을 두 번 했습니다만 다시 가보고 싶은 곳입니다.

카트만두 밸리에 있는 곳은 자주 갈 수 있었지만 룸비니나 치트완 그리고 서거르마타는 먼 거리에 있고 시간도 비용도 많이 들어 한 번 가기가 쉽지 않은 곳입니다.

즐길거리

　많은 사람들은 네팔을 레저 스포츠의 천국이라고 합니다. 그도 그럴 것이 풍부한 자연유산을 가졌기 때문입니다. 네팔을 한 번이라도 다녀간 사람들이라면 태곳적 순수함을 간직하고 있는 자연에 매료될 수밖에 없을 거라 생각합니다. 한 번 경험하고 나면 다시 찾게 되는 히말라야 트레킹은 특히 중독성이 강한 스포츠입니다. 그건 아마도 대자연의 위대함과 경이로움을 느끼게 해주는 히말라야의 매력 때문이지 않을까요.

　네팔의 몇몇 장소들은 레저스포츠 및 여가활동에 있어 세계적인 수준에 걸맞은 명성을 가지고 있습니다. 네팔에서 즐길 수 있는 레저 스포츠에는 등반, 트레킹, 산악자전거, 자연탐사, 문화여행, 성지순례, 래프팅, 케너닝, 카약, 마운틴플라이트, 조랑말 트레킹, 정글 사파리, 조류 관찰, 낚시, 패러글라이딩, 행글라이딩, 초경량비행기, 번지점프, 골프 등입니다. 또 특별한 여행을 원하는 사람들을 위한 난초 투어, 석청 채취, 빌리지 투어, 화석 채취, 명상 수업, 동굴 탐험 등도 체험할 수 있습니다. 그중에서도 많은 여행자들이 가장 선호하는 몇 가지를 소개하겠습니다.

네팔에는 산도 많지만 강도 많습니다. 급류타기(Rafting)는 히말라야의 빙하에서 발원한 물줄기가 아열대 평야지대를 지나 인도의 갠지스 강으로 흐르는 급류로 그 묘미는 세계적으로도 잘 알려져 있습니다. 강의 흐름을 온몸으로 느낄 수 있고 강 주변에 모여 사는 네팔 사람들의 생활과 문화유산들을 탐험하기에 좋은 스포츠입니다.

네팔 정부에서는 강물의 물살과 위험도에 따라 6등급으로 나누어 10개의 강을 개방하고 있습니다. 여행사의 일정에 따라 무박 1일에서 많게는 3~10일간의 긴 여정을 선택할 수도 있습니다. 전문적인 래프팅 강사와 요리사도 전 일정에 참여합니다. 물살이 거칠어 전문가들도 힘들어하는 4~5등급에는 깔리건더끼 강과 보테코시 그리고 마르샹디, 카르날리 강, 순코시 등이 있습니다. 가장 인기 있는 코스이면서 초보자들이 주로 이용하는 곳은 트리슐리 강입니다. 우기인 6~9월을 제외하면 언제나 가능하고 래프팅하기에 제일 좋은 시기는 역시 10~11월 사이입니다.

패러글라이딩(Paragliding)은 하늘 위를 나는 모험을 경험할 수 있는 스포츠입니다. 포카라의 사랑코트는 전 세계의 패러글라이딩 마니아들에게 가장 사랑받는 곳입니다. 바람을 따라 비행하는 동안 독수리나 매, 솔개 등과 같은 새들도 만나고 눈 덮인 히말라야의 고봉들도 그리고 포카라 시내와 페화 호수를 감상할 수 있어서 좋습니다.

번지점프(Bungee Jump)는 보테코시 강을 가로지르는 166m 너비의 철

패러글라이딩 & 현수교와 번지점프대

강 현수교에 설치되어 있습니다. 세계에서 두 번째로 높다는 160m 높이를 자랑합니다. 내려다보기만 해도 아찔한 기분이 듭니다. 번지점프를 제대로 즐기려면 북미나 유럽 또는 뉴질랜드에 가야 한다고 생각하지만 네팔에서의 번지점프도 스릴 있고 재미있습니다.

번지점프를 할 수 있는 이곳까지 가기 위해서는 카트만두와 티베트를 잇는 어러니코 고속도로를 타야 합니다. 카트만두에서 버스로 보통 3~4시간 걸리고 여기에서 티베트 국경 마을인 코다리까지는 약 12km 정도밖에 떨어져 있지 않습니다.

산악비행(Mountain Flight)은 히말라야를 쉽고 편하게 볼 수 있는 방법 중 하나입니다. 카트만두에 있는 트리뷰반공항을 출발해 1시간 정도 비행을 하는데 세계에서 가장 높은 산인 에베레스트를 비롯하여 칸첸중가, 티베트 고원 등의 웅장한 설산을 파노라마로 보는 환상적이고 특별한 경험이라고 합니다.

1인당 US $120~150으로 비싼 편입니다. 저도 못 해봐서 네팔에 갈 기회가 생긴다면 꼭 해보고 싶은 것 중 하나입니다. 히말라야를 가까이서 보고 온 사람들은 하나같이 돈이 아깝지 않을 만큼 장관이었다고 합니다. 히말라야를 감상하기에 가장 좋은 시기는 10~2월이며 비행기 안에서는 오른쪽 좌석에 앉아야 제대로 볼 수 있습니다. 날씨가 아주 좋은 날에는 에베레스트 바로 옆에까지 비행기가 접근한다니 생각만으로도 가슴이 두근거립니다.

꺼꺼니에 있는 실외암벽장

터멜에 있는 실내암벽장

단원들이 가장 많이 하는 여가 활동 중에는 카트만두 인근에서 즐기는 하이킹(Hiking)과 산악자전거(MTB: Mountain Biking) 그리고 미니트레킹(Mini Trekking)과 히말라야를 걷는 트레킹이 있습니다. 하이킹과 MTB의 주요 코스는 역시 카트만두 밸리 인근에 집중되어 있습니다.

카트만두 남서쪽에 있는 쩐드라기리(Chandragiri, 2,365m)와 쩜빠데비(Champadevi, 2,249m), 카트만두 분지에서 가장 높은 산인 남동쪽에 우뚝 솟은 뿔쪼끼(Phulchoki, 2,768m) 그리고 북쪽에 있는 시바푸리(Shivapuri, 2,725m), 스웸부나트 뒤쪽에 있는 너가르준(Nagarjun, 2,000m)은 대표적인 코스입니다.

산악자전거 마니아들은 카트만두 밸리뿐만 아니라 포카라와 서부 네팔 그리고 네팔의 동서를 횡단할 때도 주로 자전거로 이동합니다. 단원들 중에는 자전거를 타고 출퇴근을 하거나 주말이 되면 함께 모여 산악자전거를 즐기기도 합니다.

위에서 소개한 코스들은 미니트레킹 코스로도 사랑받고 있습니다. 또 외국인 관광객들이 많이 찾는 미니트레킹 코스로는 너걸코트(Nagarkot, 2,100m)~순더리절(Sundarijal), 너걸코트~사쿠(Sankhu), 너걸코트~짱구나라얀, 너걸코트~둘리켈(Dhulikhel, 1,524m), 덕친칼리(Dakshinkali)~마따띠르따(Matatirtha) 등이 있습니다.

카트만두 인근에서 즐기는 암벽등반(Rock Climbing)도 있습니다. 실내 암벽장은 대부분 터멜에 있고 실외암벽장은 랑탕 트레킹을 가기 위해

지나야 하는 꺼꺼니(Kakani) 등에 있습니다. 암벽장을 운영하는 주인들은 대부분 히말라야 고봉들을 오른 경험이 많은 사람들입니다.

다음은 경비행기(Ultra-light Aircraft)와 골프(Golf)입니다. 경비행기 투어는 보통 9~6월까지 주로 포카라에서 합니다. 구름 위에서 히말라야의 고봉들과 능선 그리고 페화 호수와 마을 위를 마치 새처럼 날아가면서 감상할 수 있습니다.

네팔에 있는 골프장은 모두 5개입니다. 그중 3개는 수도인 카트만두에 있고 나머지 2개는 포카라에 있습니다. 카트만두에 있는 고카르나 리조트 골프장(Gokarna Forest Golf Resort)은 네팔에서는 유일하게 18홀을 갖춘 정규 골프장입니다. 골프장에는 원숭이들이 많이 살고 있으며 가끔 노루나 사슴들이 보이기도 합니다. 고카르나 숲에 있는 이 골프장은 예전에는 왕의 사냥터로 사용했던 곳이라고 합니다. 공기도 깨끗하고 무척 한적한 곳에 자리 잡고 있어서 찾는 이들이 많은 곳입니다. RNGC 골프장은 트리뷰반국제공항 바로 옆에 있으며 Army 골프장은 주로 군인들이 이용하는 곳으로 모두 9홀짜리 골프장입니다.

그리고 포카라에 있는 풀바리 리조트 골프장(Fulbari Resort C.C)과 네팔 히말라야 골프장(Napal Himalaya C.C)은 모두 9홀짜리입니다. 이곳은 소나 양을 이용해 잔디 관리를 한다는 이색적인 골프장입니다. 험한 산세와 협곡 그리고 마차푸차례(Machapuchare, 6,993m)와 히말라야의 연봉들이 보이는 곳이어서 풍광도 스릴도 만점인 골프장입니다.

외국 관광객들에게 많은 사랑을 받고 있는 익스트림(Extreme) 스포츠에는 카약킹(Kayaking)과 협곡타기(Canyoning)가 있습니다. 네팔은 깊은 협곡 사이를 빙하수가 힘차게 흐르는 강들이 많아 모험을 즐기기에는 아주 이상적인 곳입니다.

카약킹은 래프팅 코스와 같습니다. 그래서 래프팅을 하다 보면 카약킹을 즐기는 유러피언들을 많이 볼 수 있습니다. 포카라에 있는 페화 호수에서 타는 모습도 종종 볼 수 있지만 대부분은 세띠, 마르샹디, 토리스리 강 등에서 합니다.

협곡타기로 유명한 곳은 보테코시 계곡입니다. 카트만두에서 버스로 약 3~4시간 거리에 있습니다. 보테코시로 모여드는 수많은 지류가 있어 다양한 코스를 선택해 즐길 수 있습니다. 또 안나푸르나 지역의 마르샹디 계곡도 협곡타기의 대표적인 코스입니다. 이 외에도 순더리절, 팡랑 강, 캉랑 강 그리고 부꾸떼 강 등에서도 즐길 수 있습니다.

너머스떼, 꼬빌라 선생님!

히말라야 트레킹

히말라야(Himalaya)는 인도 대륙과 네팔을 거쳐 중국의 티베트 고원 사이에 형성되어 있는 총 길이 2,400km의 거대한 산맥입니다. 히말라야는 산스크리트어로 눈(雪)을 뜻하는 '히마(Hima)'와 거처(居處)를 뜻하는 '알라야(Alaya)'의 합성어로 '눈의 거처' 즉 '만년설의 집'이란 뜻을 가지고 있습니다.

히말라야 산맥은 넓게는 히말라야 산맥과 이어진 카라코람 산맥과 힌두쿠시 산맥 그리고 파미르 고원의 여러 산맥을 포함해서 말하기도 합니다. 에베레스트를 포함한 14개의 8,000m급 봉우리가 모두 이곳에 모여 있습니다. 히말라야 산맥 바깥에서 가장 높은 산은 안데스 산맥에 있는 아콩카과(Aconcagua) 산으로 6,959m입니다. 7,000m가 넘는 산들은 모두 히말라야 산맥에 속해 있어 히말라야를 '세계의 지붕'이라고들 부릅니다.

네팔에서 말하는 히말라야는 네팔 영토 내의 히말라야를 말합니다. '히말라야 14좌' 중에 8개가 네팔에 있으며 6,000~8,000m급의 수많은 고봉들이 800km 이상 펼쳐져 있습니다. 네팔의 히말라야는 전체 히말라야 산맥의 1/3을 차지하고 있는 셈입니다.

14좌에 들어가는 8개의 8,000m급 산에는 에베레스트^(8,848m), 칸첸중가^(8,586m), 로체^(8,516m), 마칼루^(8,462m), 초오유^(8,201m), 다울라기리^(8,167m), 마나슬루^(8,163m), 안나푸르나^(8,091m)가 있습니다.

정상을 등반하는 일은 주로 전 세계의 전문 산악인들이 해왔습니다만 요즘은 전문 산악인이 아니어도 세계 최고봉인 에베레스트를 오르는 사람들이 부쩍 많아졌습니다. 그러나 대부분의 사람들은 일반 등산객에게 허용되는 베이스캠프까지만 등반합니다.

이곳은 산을 좋아하는 전 세계의 사람들이 가장 많이 찾아오는 곳으로 트레킹을 좋아하는 사람들에게는 천국이나 다름없는 곳입니다. 히말라야를 제대로 감상하려면 어느 곳에서든 가장 맑은 날씨를 보이는 10월에서 11월 사이가 좋습니다.

네팔의 히말라야는 다시 여러 개의 산군으로 나뉘는데 그중에서도 많은 사람들에게 사랑받고 있는 트레킹 코스에는 안나푸르나 히말(Annapurna Himal), 솔루쿰부 히말(Solu Khumbu Himal), 주갈랑탕 히말(Jugal Langtang Himal) 등이 있습니다.

안나푸르나 히말에는 일주일 정도의 일정으로 다녀올 수 있는 안나푸르나 베이스캠프(ABC: Annapurna Base Camp, 4,130m)와 보름 정도 걸리는 안나푸르나 라운딩(Annapurna Rounding, 토롱라(Thorong La, 5,416m))이 있고, 2~3일 정도의 짧은 코스로는 푼힐(Poon Hill, 3,210m) 전망대가 있습니다.

नेपाल पर्वतारोहण संघ
Nepal Mountaineering Association

P8/79/068/069

CERTIFICATE OF SUCCESFUL ASCENT

Ms. MIYOUNG JEON

of South Korea (Passport No. G54154507)

for successful ascent on

Imja Tse(Island Peak), 6160m

on 12th October, 2011

We wish her every success for her future endeavour

Date: 3rd January, 2012

Jinesh Sindurakar
Chief Administrative Officer

P.O. Box: 1435, Naxal, Kathmandu, Nepal, Tel: +977-1-4434525, 4435442, Fax: +977-1-4434578, E : office@nepalmountaineering.org, peaks@nma.wlink.com.np / W : www.nepalmountaineering.org

임자체(아일랜드 피크)와 등반 증명서

다음으로 많이 찾는 곳은 솔루쿰부 히말입니다. 에베레스트 베이스 캠프(EBC: Everest Base Camp, 5,346m, 칼라파타르(Kala Patthar, 5,545m)) 코스와 3-Passes[*] 코스가 있는데 보통 10~17일 정도 걸립니다.

세 번째로 많이 찾는 주갈랑탕 히말은 카트만두에서 가장 가까운 곳에 있는 산군입니다. 샤브루벤시(Syabru Bensi, 1,460m)에서 걍진곰파(Kyanjin Gompa, 3,870m)까지 오르는 코스와 다시 고사인쿤드(Gosain Kund, 4,380m)를 거쳐 카트만두까지 이어지는 코스로 보통 1~2주 정도 걸립니다.

네팔에서 머물렀던 3년 동안 무박 1일에서 11박 12일까지 모두 서른 아홉 번의 산행과 트레킹을 했습니다. 주말에는 카트만두 밸리에 있는 산을 올랐고 여름과 겨울방학 그리고 더사인과 띠할 기간에는 히말라야 트레킹을 했습니다.

히말라야 트레킹은 안나푸르나 베이스캠프, 랑탕과 체르코리(Tserko Ri, 4,984m) 그리고 고사인쿤드, 안나푸르나 라운딩, 에베레스트 베이스캠프, 3-Passes, 마나슬루 라운딩, 칸첸중가 베이스캠프(5,143m) 그리고 트레킹 피크로는 임자체(Imjache, Island Peak, 6,189m)를 등반했습니다.

제가 가본 곳 중에서 히말라야의 전망대로서 손색이 없는 몇 곳을 골라봤습니다.

---

* 콩마패스(Kongma La, 5,535m), 촐라패스(Cho La, 5,420m), 렌조패스(Renzo La, 5,345m)

너머스떼, 꼬빌라 선생님!

동기생들과 안나푸르나 베이스캠프에서

푼힐 전망대

말로만 듣던 안나푸르나를 마주하고 섰습니다. 이렇게 가까이에서 볼 수 있을 거라고는 생각도 못 했는데 보는 순간 감격스러웠습니다. 안나푸르나 베이스캠프에 서면 왼쪽부터 히운출리, 안나푸르나 남봉, 싱구출리, 안나푸르나, 마차푸차레 등이 손에 잡힐 듯이 가까워 보입니다.

안나푸르나 라운딩 나흘째, 어디를 가나 하늘도 구름도 참 멋지고 아름다웠습니다. 너월 마을에서부터 시작되는 숲길과 머낭까지 이어지는 평원은 참 편안하고 환상적인 길이었습니다. 사방이 탁 트인 푼힐 전망대는 안나푸르나와 다울라기리를 가장 잘 볼 수 있는 곳입니다.

체르코리 정상에 올라보니 랑탕 리룽을 위시해 킨슝, 얄라피크, 모리모토, 강첸포, 랑시사리, 도르제락파 등 만년설산의 연봉이 파노라마처럼 펼쳐져 있습니다. 어디에서도 본 적 없는 멋진 풍경입니다.

라우레비나역에서는 왼쪽에서부터 펼쳐지는 안나푸르나 히말, 럼중 히말, 마나슬루, 거네스 히말과 랑탕 히말까지 서쪽에 있는 히말라야 산맥이 줄줄이 늘어서 있는 모습은 그야말로 절경이었습니다.

트리슐리 강과 갠지스 강의 원류로도 유명한 고사인쿤드는 힌두교의 성지이기도 합니다. 4,380m의 높이에 있는 고사인쿤드는 아주 큰 호수입니다. 호수는 꽁꽁 얼어붙었고 눈도 쌓였습니다. 호수를 한 바퀴 돌고 왔습니다. 고사인쿤드는 주변 산과 잘 어울리는 풍경이 좋은 곳에 위치하고 있습니다. 주변에는 크고 작은 호수가 번뇌의 수와 같은 108개가 있다고 합니다.

너월 마을에서부터 시작되는 숲길

너머쪽때, 꼬빌라 선생님!

쿰부 지역인 칼라파타르와 고쿄리에서 보는 에베레스트의 전망도 굉장합니다. 이 지역에서 가장 멋진 전경을 볼 수 있는 곳은 단연 임자체입니다. 북쪽으로는 로체샬 빙하 위로 우뚝 솟아 있는 눕체, 로체, 로체 중봉, 로체샬이 나란히 서 있고 동쪽으로는 쵸플루와 붉은 화강암벽이 보이는 마칼루가 자리하고 있습니다. 임자빙하 남쪽에는 바룬체와 아마다블람이 그 위용을 자랑하며 서 있습니다. 사방이 파노라마처럼 펼쳐져 있는 히말라야의 모습은 그야말로 장관이었습니다.

트레킹을 하러 오는 대부분의 사람들은 제일 먼저 안나푸르나 베이스캠프를 오릅니다. 그 이유는 무엇보다 다른 코스에 비해 고산병의 우려가 적기 때문입니다. 그렇다고 방심해서는 안 됩니다. 고산병

고사인쿤드

은 3,000m 이상에서는 흔히 나타나는 증세입니다. 그리고 코스 전반부에 오르락내리락하는 급경사가 많으므로 또한 주의해야 합니다. 깊은 산속으로 들어갈수록 펼쳐지는 안나푸르나 사우스와 마차푸차레도 잘 보이고 베이스캠프에서의 전망도 뛰어납니다.

다음으로 많이 찾는 곳은 에베레스트 베이스캠프인데 안나푸르나 내원이 여성적인데 반해 에베레스트 산군은 빙하와 암벽이 많고 험준하여 가히 남성적이라 할 수 있습니다. 그러므로 고산병에 걸릴 확률 또한 높아집니다. 그러나 세계 최고봉 바로 아래까지 갈 수 있다는 점과 칼라파타르와 고쿄리에서 에베레스트를 조망할 수 있다는 큰 장점

고쿄리에서 보이는 에베레스트

너머스떼, 꼬빌라 선생님!

을 가지고 있습니다.

세 번째로 많이 찾는 곳은 랑탕입니다. 랑탕 계곡은 세계에서 가장 아름다운 계곡 중 하나라고 합니다. 다른 지역에 비해 녹음이 짙고 동식물도 풍부해 조류 관찰이나 야생화에 관심이 많은 사람들에게는 가장 좋은 트레킹 코스라 할 수 있습니다. 또 4월쯤에는 네팔의 국화인 랄리구라스(만병초)가 만발하여 장관을 이루기도 합니다. 그러나 랑탕 계곡 쪽에 있는 로지는 우기 때 산사태 우려가 높으므로 조심해야 합니다.

아직도 눈에 선한 히말라야의 모습들 그리고 아름다운 풍경들이 떠올라 자주 그리워집니다. 히말라야는 신이 내린 축복이자 네팔의 희망입니다.

마주하기:
힐링

학생들이 선물로 준 싱잉 볼

정전이 가져다준 선물

전기 없는 생활을 상상해 보신 적이 있습니까? 과연 우리는 전기 없이 살아갈 수 있을까요? 우리 생활에 필요한 도구들은 대부분 전기로 인해 만들어졌습니다. 그리고 또 많은 것들은 전기를 연결해 사용합니다. 현대사회는 전기로 운영되고 유지되는 그런 시스템을 가지고 있는 시대라 할 수 있습니다. 우리는 그만큼 전기에 대한 의존도가 높은 삶을 살고 있다는 것입니다. 생활의 편리함을 주는 이런 전기를 사용할 수 없게 된다면 우리는 어떤 생활을 하게 될까요?

네팔에 도착한 첫날부터 정전을 경험했습니다. 다행히 호스텔 2층에 있는 부엌이나 거실은 인버터(충전식 전기장치)로 전기를 사용할 수 있었습니다. 동기들은 각자 방에 있다가도 전기가 나가면 하나둘씩 거실로 모여들기 시작합니다. 물론 원하는 만큼의 전기를 쓸 수는 없었지만 그래도 이때까지만 해도 정전으로 인한 큰 불편함은 느끼지 못했습니다.

현지 적응훈련을 마치고 살 집으로 이사를 하고 나니 실감 나기 시작했습니다. 그러나 있는 그대로 살아 보고 싶었습니다. 애초부터 집에서는 인버터나 인터넷은 사용하지 않기로 마음먹은 터였습니다. 네팔스럽게 한번 살아봐도 괜찮겠다는 생각이 들었기 때문입니다.

정전은 우기냐 건기냐에 따라 차이가 있고 보통 큰 도시일수록 정전 시간은 긴 편입니다. 수도인 카트만두와 포카라와 치트완 지역의 경우 정전 시간은 하루에 보통 6~14시간 정도인데 반해 띠까풀과 바글룽은 최대 5시간이라고 합니다. 그러나 트리슐리나 다딩, 럼중은 지역 내에서 자체적으로 운영하는 발전소를 가지고 있어서 정전은 거의 없는 곳입니다. 하지만 꺼뻴버스뚜나 부뜨왈, 더란 지역의 경우에는 정확한 정전 일정표도 없고 정전 시간 또한 다른 곳에 비해 길다고 합니다.

네팔은 세계에서 브라질 다음으로 풍부한 수자원을 보유한 국가입니다. 그 수자원의 양은 83,000MW, 네팔 전체의 전력 수요를 넘어 수출까지 할 수 있는 양입니다. 그러나 현재 600MW만 개발된 상태라고 합니다. 수자원이 풍부한데도 전기를 생산해 내지 못하는 이유는 무엇일까요? 수자원 개발 사업이 활성화되지 못하고 있기 때문이라 생각합니다.

물을 전기에너지로 바꾸려면 무엇보다 수력발전소를 지어야 합니다. 그러나 정부 관료들은 발전소를 짓는 일보다 젯밥에 더 관심이 많아 보입니다. 그러니 현재 사용하고 있는 발전소 관리에도 당연히 소홀할 수밖에 없습니다. 정해진 정전 시간 외에도 갑작스럽게 전기가 나가는 경우도 더러 있습니다. 수력발전소 터빈이 고장 나서 보수를 한다거나 교체한다는 뉴스를 접할 때마다 정부에서 똑같은 핑곗거리를 너무 자주 써먹는 게 아닌가 하는 생각도 듭니다.

하루에도 몇 번씩 전기가 들어왔다 나갔다 하고 정전 일정표가 있어도 잘 지켜지지 않습니다. 전기가 들어올 시간인데도 안 들어옵니다. 그러나 누구 하나 의문을 제기하는 사람은 없습니다. '커이' 또는 그러려니 합니다. 그럴 때면 이제는 이런 농담까지 하게 됩니다. "스위치 올리는 사람 어디 갔나, 졸고 있나?"라고 말입니다.

네팔 사람들은 전기가 들어오는 순간 "뼈띠 아요(전기 들어와요.)"라고 외치면서 환호성과 함께 손뼉을 칩니다. 어느 날부턴가 전기가 들어오면 저도 모르게 '뼈띠 아요'를 외치고 있는 자신을 봅니다. 같이 있던 학생들이 저를 보고 "선생님, 네팔 사람 다 되셨네요."라고 하네요.

정전은 보통 하루에 오전 오후 두 차례로 나누어 6시간에서 많게는 14시간까지 됩니다. 우기가 시작되는 5월 말부터는 겨울보다 나아지긴 합니다만 여전히 하루 6시간씩은 전기가 나갑니다.

네팔 전역을 7개 그룹으로 나눈 정전 일정표가 있습니다. 제가 사는 동네인 딜리바자르는 7그룹에 속합니다. 특히 겨울밤, 11시까지 불이 들어오지 않는 날 또는 새벽 3시에 전기가 나가는 날은 아무래도 잠을 설치게 됩니다. 오전 5시에 일어나 학교 갈 준비를 해야 하니까 주 중에는 항상 잠이 모자라는 편입니다.

처음 이사하고 나서 전기가 나간 시가지 모습이 궁금해 동네 한 바퀴를 돌아봤습니다. 무척 깜깜했습니다. 물론 전기가 들어와 있어도 어둡기는 매한가지입니다. 동네 골목길에는 가로등이 거의 없기 때문입니다. 인버터나 발전기로 등을 밝힌 집은 하얀색 불빛이 새어 나오고 촛불로 방 안을 밝힌 집은 불그스레한 불빛이 흘러나옵니다. 이렇게 어두운 길을 걷고 있노라면 옛날 시골 동네의 골목길을 걷고 있는 듯한 착각에 빠지기도 합니다.

저녁 시간, 전기가 3~4시간 나갈 때만 해도 괜찮았습니다. 어스름 저녁에 냄비 밥을 지어먹고 손빨래를 하고 촛불에 의지해 책도 읽습니다. 5~6시간 나갈 때만 해도 견딜 만했습니다. 밥해 먹고 빨래하고 책 보고 맨손체조도 하고 노트북으로 짧은 다큐멘터리도 한 편 봤습니다.

7~8시간씩 나가는 겨울철에는 지내기가 무척 힘들었습니다. 촛불에 의지해 책을 장시간 읽다 보니 눈이 아파서 더는 읽을 수 없었고 오래된 노트북 배터리는 40분 넘기기가 어려워졌습니다. 전기가 없으니 학교에서 가져온 일들도 할 수가 없습니다. 겨울을 지나는 동안 저녁 내내 불이 들어오지 않는 날이 계속되었습니다. 그래서일까요, 혼자서 중얼거리는 습관까지 생겨났습니다.

집으로 들어가는 시간쯤에 정전이 되면 어떻게든 늦게 들어가려고 합니다. 어두운 집은 그렇게도 적응이 안 되었나 봅니다. 밤은 항상 어두운 법인데 말입니다. 몸도 아프고 전기도 나간 어느 날 촛불을 켜

연중 띠할 기간(10여 일 정도)에만 볼 수 있는 시내 야경

Updated Power Cut Schedule
Effective from Feb.07, 2011

Group 1

Sunday	Monday	Tuesday	Wednesday	Thursday	Friday	Saturday
01:00-08:00	11:00-1800	09:00-16:00	08:00-15:00	06:00-13:00	04:00-11:00	02:00-09:00
13:00-20:00	22:00-05:00	20:00-03:00	18:00-01:00	17:00-24:00	16:00-23:00	15:00-22:00

Group 2

Sunday	Monday	Tuesday	Wednesday	Thursday	Friday	Saturday
02:00-09:00	01:00-08:00	11:00-1800	09:00-16:00	08:00-15:00	06:00-13:00	04:00-11:00
15:00-22:00	13:00-20:00	22:00-05:00	20:00-03:00	18:00-01:00	17:00-24:00	16:00-23:00

Group 3

Sunday	Monday	Tuesday	Wednesday	Thursday	Friday	Saturday
04:00-11:00	02:00-09:00	01:00-08:00	11:00-1800	09:00-16:00	08:00-15:00	06:00-13:00
16:00-23:00	15:00-22:00	13:00-20:00	22:00-05:00	20:00-03:00	18:00-01:00	17:00-24:00

Group 4

Sunday	Monday	Tuesday	Wednesday	Thursday	Friday	Saturday
06:00-13:00	04:00-11:00	02:00-09:00	01:00-08:00	11:00-1800	09:00-16:00	08:00-15:00
17:00-24:00	16:00-23:00	15:00-22:00	13:00-20:00	22:00-05:00	20:00-03:00	18:00-01:00

Group 5

Sunday	Monday	Tuesday	Wednesday	Thursday	Friday	Saturday
08:00-15:00	06:00-13:00	04:00-11:00	02:00-09:00	01:00-08:00	11:00-1800	09:00-16:00
18:00-01:00	17:00-24:00	16:00-23:00	15:00-22:00	13:00-20:00	22:00-05:00	20:00-03:00

Group 6

Sunday	Monday	Tuesday	Wednesday	Thursday	Friday	Saturday
09:00-16:00	08:00-15:00	06:00-13:00	04:00-11:00	02:00-09:00	01:00-08:00	11:00-1800
20:00-03:00	18:00-01:00	17:00-24:00	16:00-23:00	15:00-22:00	13:00-20:00	22:00-05:00

Group 7

Sunday	Monday	Tuesday	Wednesday	Thursday	Friday	Saturday
11:00-1800	09:00-15:00	08:00-15:00	06:00-13:00	04:00-11:00	02:00-09:00	01:00-08:00
22:00-05:00	20:00-24:00	18:00-01:00	17:00-24:00	16:00-23:00	15:00-22:00	13:00-20:00

정전일정표(하루 14시간 정전)

너머스떼, 꼬빌라 선생님!

놓은 식탁에 앉아 밥을 먹고 있는데 맞은편 벽에 비친 저의 큰 그림자를 보고 한참을 운 적이 있습니다. 펑펑 울고 나니 속이 시원하더군요. 무슨 이유에서일까요, 자신이 처량해 보이기도 하고 불쌍해 보이기도 하고 뭐 그런 감정 때문이었을까요? 몸과 마음이 가장 약해져 있을 때 찾아오는 그런 거였겠죠.

삶은 살아가는 것이기도 하지만 살아내는 것이기도 하다는 생각이 들었습니다. 멋모르고 맞았던 첫 번째 겨울을 그렇게 보내고 두 번째 맞은 겨울은 좀 더 따뜻하고 여유롭게 지낼 수 있었습니다.

촛불 켜는 밤이 잦아집니다. 할 일이 없다는 것, 할 일을 할 수 없다는 것이 행복일 수도 있다는 걸 한참이 지나서야 알았습니다. 그런 생각이 든 이후로 정전 시간은 달콤한 휴식 시간이자 자신과 마주앉는 시간이 되었습니다. 그래서 전기가 나가면 없던 여유도 생깁니다. 밝은 곳에 있다가 갑자기 전기가 나가 주변이 어두워지면 눈앞이 깜깜해집니다. 그 순간 잠깐 눈을 감았다가 뜨면 방 안 사물들이 눈에 들어오기 시작합니다.

전기가 나가면 모든 소리가 되살아나기 시작합니다. 자동차 소리, 오토바이 소리, 해 질 녘 동네 아이들 떠드는 소리 그러나 모든 소리는 정전이 되자마자 들리는 발전기 돌아가는 소음에 묻히고 맙니다. 모든 소리가 발전기 소음에 묻히고 나면 이제 집 안의 소리들이 들리기 시작합니다. 물이 조금씩 새는 물통에서 물 떨어지는 소리 그리고 촛불을 스치는 바람 소리를 느낍니다.

전기가 나가면서 이를 천천히 닦는 습관도 생겼고 노래를 자주 부르는 습관도 생겼습니다. 여유롭게 저녁 식사를 즐기기도 하고 초저녁 달콤한 잠도 자 봅니다. 냉장고는 좋아하지 않으니 없어도 그만입니다. 전기가 들어왔다 나갔다를 반복하는 동안에도 냉장고는 고장나지 않고 용케도 잘 견뎌내고 있습니다.

당연히 있어야 했던 전기 그러나 네팔에서는 당연한 일이 아니었습니다. 전기가 없어도 살아갈 수 있었습니다. 단지 조금 불편할 뿐입니다. 한국은 시스템이 움직이는 나라이지만 네팔은 자연이 움직이는 나라라는 생각이 듭니다. 네팔에서 이렇게 살면서 없으면 없는 대로 살아가는 능력을 키웠다고나 할까요.

저는 밝고 환한 것을 좋아합니다. 어두운 환경에 익숙하지 않아 처음에는 힘들고 불편했습니다. 그러나 생각보다 어둠에 익숙해지는 데는 많은 시간이 걸리지 않았습니다. 네팔에 살면서 새삼 전기에너지에 대한 소중함을 느꼈습니다. 물론 귀한 것이 어디 전기에너지뿐이었겠습니까 만은. 여유와 휴식 그리고 끊임없이 자신과 마주하게 되는 시간을 만나고 누린 건 순전히 정전이 가져다준 선물이었습니다.

너머스떼, 꼬빌라 선생님!

네팔 도시 가구의 상수도 연결 비율은 2010년 기준으로 58%라고 합니다. 정부에서 4~5일에 한 번, 두세 시간씩 공급해주는 물로는 턱 없이 부족하여서 별도의 지하수 시설을 갖추고 있지 않은 가구에서 는 비싼 물차라도 불러야 하는 형편입니다.

큰 도시들은 대부분 물이 부족하지만 특히 카트만두는 급격히 늘 어난 인구 때문에 물 사정은 더욱 좋지 않습니다. 지하수 오염도 점 점 심해지고 또 전기가 들어오지 않을 때는 모터가 있어도 무용지물 이 되고 맙니다.

제가 사는 곳도 이와 별반 다르지 않습니다. 물이 부족한 것도 있지 만 그것보다 녹물이 나오고 악취까지 풍겨 몇 개월간 무척 고생스러웠 습니다. 위층에 세 들어 사는 사람들도 피부가 가렵다고 호소하기에 이 르렀고 급기야 샤워를 1주일 혹은 열흘에 한 번 정도 하게 되는 일이 생 기고 말았습니다. 물이 며칠씩 안 나오면 단원 집을 옮겨 다니며 샤워를 해야 했고 그것도 여의치 않을 때는 하는 수 없이 생수로 샤워할 수밖 에 없었습니다. 사정이 그런지라 본의 아니게 말로만 듣던 생수 샤워를 하게 되었습니다. 그러다 결국은 물 때문에 이사를 해야 했습니다.

물차와 우리 집 물

　난방 시설이 없는 이곳
에서 추위와 싸우는 일은
가장 힘들었던 일 중 하나
였습니다. 특히 전기가 들
어오지 않는 겨울밤, 전기장판이나 전기스토브와 같은 전열기를 사용
할 수 없어서 더욱 그랬습니다. 그래도 전기가 들어오면 전기장판 덕
분에 한숨 푹 자게 됩니다. 물론 전기가 나가면 추워서 잠을 깨게 되
지만 말입니다. 겨울 한 철은 전기가 들어오고 나가는 주기에 맞춰 제
생활도 바뀔 수밖에 없습니다.

　해가 있을 때는 괜찮지만 해가 지고 나면 체온은 서서히 떨어지기

너머스떼, 꼬빌라 선생님!

시작합니다. 책상에 앉아 있다 보면 손발이 시려서 더는 견딜 수 없게 됩니다. 그러면 촛불에 시린 손을 녹이기도 합니다. 두꺼운 양말에 털 달린 슬리퍼 그리고 내의에 솜바지를 덧입고 위에는 파카와 목도리, 머리엔 모자까지 썼는데도 으스스합니다. 그렇게 움츠려 있다 보니 근육통도 자주 생깁니다.

카트만두의 겨울(12~2월) 낮 기온은 17~19℃ 정도 됩니다. 물론 해가 지면 기온은 내려가지만 한국처럼 영하로는 떨어지지 않습니다. 그러나 한국보다 더 춥게 느껴집니다. 집안에는 난방시설이 없기 때문입니다. 그래서 낮에는 모든 사람들이 햇볕 쬐기를 합니다. 네팔의 그 으슬으슬한 추위는 햇볕으로 막는 수밖에 달리 방법이 없는 것 같습니다.

2011년 9월 18일 오후 6시를 조금 넘긴 때였습니다. 밥을 하려는데 갑자기 어쩔해 몸을 기우뚱거렸습니다. 처음에는 감기몸살 기운이 있어 그런 거라고 생각했습니다. 두 번째 다시 큰 흔들림이 있었습니다. 혹시나 하는 생각에 고정된 물체를 바라보려고 베란다 쪽 큰 기둥을 응시하고 있었는데 집이 요동을 치고 있었습니다.

"브이짤로(지진)"라는 다급한 소리가 밖에서 들려왔고 그와 동시에 너무 놀란 나머지 집 밖으로 뛰쳐나갔습니다. 동네 사람들도 모두 집 밖을 나와 웅성거리고 있었습니다. 라디오에서는 45분 뒤에 다시 강진이 올 것이라며 공터에 대피해 있으라는 뉴스가 끊임없이 흘러나왔습니다. 동네 공터에는 많은 사람들이 모였고 비는 부슬부슬 내리고 있었습니다.

서둘러 나오느라 반바지 차림새인데 그 와중에도 거머리는 제 다리의 피를 빨아먹고 있었습니다. 고맙게도 KOICA 사무소에서 안부를 물어왔습니다. 그리고 비상 연락망을 가동 중이었는데 제가 확인해야 할 단원은 연락이 닿았다가 끊어지기를 여러 번. 지진에 정전에 그리고 비까지, 이런 공포가 또 어디 있을까요? 비에 바람까지 불어오니 날씨가 제법 쌀쌀했습니다.

집에 들어온 시간은 지진 발생 후 4시간 만인 밤 10시 35분이었습니다. 네팔 사람들은 지진이 나면 양손 엄지손가락을 바닥에 대고 엎드려서 나라얀 신의 이름을 부른다고 합니다. 저도 기도했습니다. 다시는 일어나지 않기를 그리고 무사하기를. 마음 추스르고서 앉아 있는데 별별 생각이 다 들었습니다. 혹시나 하는 마음에 비상 가방을 꾸리기 시작했습니다. 그날 저는 밤늦게까지 잠들지 못했습니다.

다음 날 새벽 시간에 지진이 한 번 더 있었다고 하는데 저는 전혀 느끼지 못했습니다. 뉴스를 통해서 지진 소식을 다시 접했습니다. 발진 시간은 어제저녁 6시 10분경. 진원지는 카트만두에서 북동부 쪽으로 272km 떨어진 인도 국경 지역인 시킴이라고 했습니다. 그 지역의 지하 19.7km에서 발진되었고 강도는 6.9였습니다. 이 일대를 강타한 강진은 77년 만이며 그로 인해 많은 지역이 피해를 보았습니다. 제일 심했던 곳은 판차탈 지역으로 100여 채의 가옥이 파손되었다고 합니다. 카트만두에서는 영국 대사관 건물 벽이 무너져 내려 3명이 잔해에

햇볕 쬐기

깔려 숨졌고 네팔 전체 사망자는 모두 8명이라고 했습니다.

트리슐리 지역에 사는 단원들은 일 년에 네다섯 번의 지진을 경험한다고 합니다만 저는 처음 경험해 보는 거라 무척 두려웠습니다. 보도에 의하면 진도 6.0 기준일 때 '지진 위험 상위 10개 도시' 중 단연 1위는 카트만두였습니다. 생각보다 지진에 대한 두려움과 공포는 오래갔습니다. 지진으로 인해 몇몇 단원들은 패닉 상태에 빠지기도 했습니다.

네팔은 모든 것이 느리기만 한 나라입니다. 네팔의 인터넷 속도만큼이나 말입니다. 학교에는 인터넷이 되지 않았고 집에는 신청하지 않았습니다. 급히 메일을 보내야 할 일이 가끔 생깁니다. 일주일에 두 번 정도 동네에 있는 PC방을 갑니다. PC방에 있는 PC는 모두 5대입니다. 저는 노트북을 들고 가니 PC가 있는 자리를 차지할 수 없습니다. 주인장 책상 맞은편 간이 의자에 앉아 인터넷을 합니다. 이건 그나마 전기가 있을 때의 모습입니다.

제가 가는 PC방은 발전기가 없어 전기 나가는 시간이 곧 문 닫는 시간입니다. 무거운 노트북 가방을 들고 동네 이곳저곳의 PC방을 전전하는 일은 이제 그만해야겠다는 생각이 들었습니다.

1년이 지난 어느 날 UTL이라는 통신사의 무선 인터넷을 신청했습니다. UTL에서 제공하는 무선인터넷 서비스는 한 달에 600루피(한화로 약 9,600원) 정도 합니다. 100Kbps 속도를 제공한다지만 실제 속도는 1/3도 안 나와서 아주 느립니다. 메일 하나 보내는 것도 쉽지 않습니다. 거기다 첨부할 문서가 있거나 이미지 파일을 보내려면 20~30분 걸리는 것은 기본입니다. 로그인하는 것도 클릭 후 창이 열리기까지 꽤 오랜 시간이 걸립니다. 그 사이 다른 일을 하고 와도 열리지 않은 경우가 많을 정도로 기다리고 또 기다려야 하는 일은 일상이 된 지 오래입니다.

물은 나오지 않고 전기는 없습니다. 빨랫거리는 쌓여가고 세수할 물조차 없을 때가 많습니다. 욕실 하수구가 막혀 사람을 불렀는데 며칠이 지나도 오지 않습니다. 일상생활에서 오는 자잘한 스트레스가 많습니다.

한국에서는 당연히 나오고 있어야 할 것들이지만 이곳에서는 당연한 것들이 아니었습니다. 나름대로 잘 살고 있다고 생각했는데 아주 기본적인 생활이 되지 않으니 사소한 일에도 화가 날 때가 있습니다.

그렇다고 화만 내면서 살 수는 없는 일, 무엇보다 자신을 위로하고 격려해야 했습니다.

제가 좋아하는 것 중 하나는 걷는 것입니다. 운동도 되고 땀이 나면 기분도 좋아집니다. 바쁠 일 없으니 어지간한 거리는 걸어서 다닙니다. 그러나 걷다 보면 자신도 모르게 걸음이 빨라지고 있다는 것을 느끼게 됩니다. 제 몸도 바쁜 마음에 익숙해져 있었나 봅니다. 그럴 때는 자신에게 '천천히 가자. 허리 곧추세우고 느리게 걷자.'고 말해줍니다. 걸음이 조금 늦어진 듯하지만 금세 다시 빨라짐을 느낍니다. 그럴 땐 주머니에 손을 넣고 걷습니다. 걸음이 느려집니다. 걸음이 느려지니 마음도 한결 여유로워지고 몸 또한 가벼워짐을 느낍니다.

또 제가 좋아하는 것은 책 읽기입니다. 책에서 받은 위로와 격려가 큽니다. 앉은뱅이 의자에 앉아 햇볕이 드는 창가에서 책을 읽습니다. 볕을 따라 등을 돌려가며 앉으면 등이 따뜻해집니다. 참 행복한 시간이었습니다.

"좋은 책이란 물론 거침없이 읽히는 책이다. 그러나 진짜 양서(良書)는 읽다가 자꾸 덮이는 책이어야 한다. …… 양서란 거울 같은 것이어야 한다. 그래서 그 한 권의 책이 때로는 번쩍 내 눈을 뜨게 하고, 안 이해지려는 내 일상(日常)을 깨우쳐준다." 법정 스님의 『무소유』에 나오는 글입니다. 그렇습니다. 좋은 책을 읽으면 눈을 뜨게도 하고 일상을 깨우쳐 주기도 합니다.

어느 날 책을 읽다가 눈을 번쩍 뜨게 만드는 구절을 만났습니다. "정좌란 척추를 곧추 세우는 자세를 말합니다. …… 척추로 읽는 책이 진짜 책입니다."(『책, 세상을 탐하다』 중에서 이문재의 「척추로 읽읍시다」)라는 구절입니다. 저는 그간 척추로 책을 읽지 않았습니다. 자세를 가다듬고 다시 책을 읽습니다.

힘들고 어려운 일이 생기거나 마음이 답답하고 자꾸 짜증이 나는 날이면 화장장에 가서 한나절 앉아 있다 옵니다. 저렇게 반드시 죽을 텐데, 저렇게 빈손으로 갈 텐데 무엇에 그리 화가 났는지 그런 자신을 고요히 들여다봅니다. 한참 후에 앉았던 자리를 툴툴 털고 일어납니다. 그냥 위로가 됩니다.

또 제가 좋아하는 산도 짬짬이 오릅니다. 한 달에 한두 번은 터멜에 있는 카페에 가서 인터넷도 하고 커피도 한잔 마십니다. 여유롭게 책도 읽고 가끔은 빈둥거리기도 합니다.

물이 없으면 안 씻으면 되고 정전이 되면 일찍 자면 되고 추우면 옷을 더 껴입으면 됩니다. 이곳에서 여행자가 아닌 생활인으로 살지만 저는 이방인입니다. 그런 생각을 하고 나니 한결 마음에 여유가 생깁니다. 후로도 몇 번의 지진이 더 있었지만 고맙게도 저는 느끼지 못했습니다.

산길을 걸으면서

혼자서 때로는 둘이서, 여럿이 함께 트레킹을 했습니다. 눈비를 맞으면서 그리고 모진 바람과 혹독한 추위와 싸우면서도 가까이에서 보는 히말라야의 장엄한 경관은 전율이 느껴질 만큼 감동적이었습니다.

또 산에서 사는 순박한 사람들과 히말라야와 자연에 매료되었고 히말라야 어느 한 기슭에서는 천연의 네팔을 만나기도 했습니다. 그리고 그곳에서 저 자신을 만났습니다. 산을 오르면서 무척이나 행복했습니다. 히말라야를 만난 건 정말이지 행운이자 축복이라 생각합니다.

산을 오르내리는 과정은 삶의 과정과 다르지 않다고 생각합니다. 그래서 사는 것이 힘들고 어려울수록 산에서 배우고 위안을 받으며 또 용기를 얻습니다. 저는 산을 무척 좋아합니다. 산은 저의 좋은 친구이기도 합니다. 산길을 걸으면서 만났던 사람들과 또 자신과 마주하며 했던 이런저런 생각들을 떠올려봅니다.

네팔에서 처음으로 히말라야 트레킹을 한 곳은 안나푸르나 베이스캠프였습니다. 동행자들과 짐꾼(포터)들도 함께 올랐습니다. 4,000~5,000m의 높이를 1~2주씩 걸려 여러 사람이 함께 산을 오른다는 것은 쉬운 일이 아닙니다.

안나푸르나 베이스캠프를 함께 오른 동기생들과 짐꾼들

　사람마다 보폭이 다르고 심폐기능도 다르고 또 걷는 스타일이 다른지라 자신의 페이스를 유지하면서 함께 보조를 맞춰 걷는 일은 결코 쉽지 않은 일입니다. 서로 다른 생각을 가진 사람들과 함께 힘든 산길을 걸어가다 보면 알게 모르게 부딪치는 일들이 많습니다. 저마다 말은 않지만 아마도 동행자들 때문에 적잖이 기분 상해하는 모습을 볼 수 있습니다.

　그리고 산에서는 모든 게 열악합니다. 먹고 마시는 일부터 잠자리까지 거기에다 힘들고 지치면 모든 게 귀찮아지고 거슬리는 일들만 눈에 들어올 뿐입니다. 이럴 때면 함께 산행한다는 것이 꼭 좋은 것만은 아니라는 생각이 들기도 합니다.

　서로가 힘든 상태에서 상대를 돌본다는 것은 쉽지 않습니다. 스스로 몸 상태를 잘 파악하고 페이스를 조절할 수 있는 능력을 갖추고 있어야만 안전한 산행을 할 수 있습니다. 산에서는 자기 페이스대로 걷는 것이 무엇보다 중요합니다. 몸과 마음의 속도를 잘 유지하면서 걸어야 합니다. 특히 오버 페이스(Over Pace)를 하는 것은 굉장히 위험한 일입니다. 왜냐하면 오버 페이스는 고소증세를 부르는 가장 큰 원인이 되기 때문입니다.

산에서는 다른 사람을 배려하는 일보다 자신을 잘 살피고 지키는 것이 더 중요합니다. 그리고 스스로 위험에 처하지 않게 조심해야 합니다. 함께 길을 간다는 것, 동행자가 된다는 것, 서로 보조를 맞춰 걷는다는 것은 쉬운 일이 아니지만 우리는 이런 산행을 통해서 서로를 이해하고 배려하는 것을 배우게 됩니다.

그 후로도 여러 명이서 함께 산을 오르기도 했지만 저는 주로 혼자서 하는 트레킹을 좋아해서 '나홀로' 산행을 많이 했습니다. 배낭 무게는 보통 10kg 정도 됩니다. 혼자서 가는 길인지라 무엇보다 짐이 가벼워야 하는데 배낭 무게는 잘 줄어들지 않습니다. 그리고 길을 헤매는 일도 많습니다. 이른 아침 출발하다 보면 산중에는 오가는 이도 없습니다. 표지판도 찾아보기 힘듭니다. 머뭇거리지만 이내 길을 갑니다. 지도 하나와 자신을 의지하고서 말입니다. 그럴 때 만나는 사람은 더욱 반갑습니다. 길과 안부를 묻고서는 다시 길을 떠납니다. 처음 가보는 길, 어두워진 길을 혼자서 간다는 것은 아주 위험하고 힘든 일이었습니다.

임자체를 등반하고 내려오면서 예정에 없던 3-Passes에 도전하기로 마음먹고 길을 떠났습니다. 첫 번째로 넘어야 하는 곳은 콩마라 트랙에 있는 콩마패스입니다. 추쿵(Chukhung, 4,730m)을 출발해 콩마라를 지나 로부체(Lobuche, 4,910m)로 가는 길이었습니다.

그날 역시 헤매다 늦어진 길, 로부체가 보이는 콩마패스를 내려와 오후 5시 38분에 빙하지대에 올랐습니다. 날이 어둑어둑해져서 빙하 사이의 길을 가늠하며 걷는데 10분도 채 지나지 않아 한 치 앞을 내다볼 수 없을 정도로 주변이 온통 깜깜해졌습니다.

쿰부 빙하지대 위에서 그만 갇히고 말았습니다. 밤눈도 어두운 데다 공포감에 휩싸여 순간 절망적이었습니다. 어둠은 공포 그 자체입니다. 급히 헤드 랜턴을 꺼내 흔들면서 "Help me, 구하르!(도와주세요.)"를 한참 동안 외쳤지만 인기척은 물론 불빛 한 점 보이지 않았습니다. 큰 바위 밑에서 밤을 새워야 하나 아니면 랜턴 하나에 의지해 길을 가야 하나? 다급한 마음에 전화기를 켰지만 서비스 지역이 아니라 통화는 불가능했습니다.

온갖 신들의 이름을 다 불러봤습니다. 짧은 시간 동안 얼마나 많은 생각을 했는지 모르겠습니다. 이런저런 생각 끝에 마음을 굳게 먹었습니다. 얼어 죽는 것보다는 그래도 길을 가는 게 낫다고 생각하고 마음을 다잡고 걷기 시작했습니다.

저녁 7시 26분, 드디어 로부체에 도착했습니다. 헤매다 늦어진 길, 왜 그 길을 선택했는지는 알 수 없습니다. 항상 길을 선택할 때 지나고 보면 어려운 길을 선택한다는 것입니다. 길눈이 어두운 것인지 길을 볼 줄 모르는 것인지 하여튼 길 공부 좀 해야겠습니다. 자주 헤매다 보니 길을 나서기 전 먼저 가야 할 곳의 방향이나 길을 둘러보게 되는 습관도 생겨났습니다.

제 몫의 짐을 지고 온몸으로 무게를 느끼면서 그렇게 걸었습니다. 어깨에 짊어진 가방은 무겁고 자주 길을 헤매고 다녀도 혼자라 외롭기는 해도 그래도 자유로워서 좋습니다.

히말라야 산속에서 만났던 인정 많고 배려심 많은 사람들도 생각납니다. 안나푸르나 라운딩 나흘째, 브라땅에서 점심을 먹다가 만났던 린진 돌체 구룽 아저씨. 한국으로 시집가서 사는 둘째 딸 이야기도 해 주셨고 두어 달 뒤에는 한국에 있는 딸아이 보러 간다고 좋아하시던 모습도 눈에 선합니다. 아저씨의 노새를 타면서 방랑자가 된 기분도 느껴보고 덕분에 먼 길이었지만 탄촉에서 출발해 아저씨의 집이 있는 머낭까지 오게 되었습니다.

촐라패스와 패디를 넘고서 당락에 이르는 길, 몸은 천근만근입니다. 당락을 넘는 능선까지 짐을 대신 져 주신 스코틀랜드 아저씨도 기억납니다. 앞서 걸어가지만 제 숨소리와 걸음의 속도를 맞춰 주었습니다. 편안하고 넉넉해 보이는 인상과 배려심 깊은 그의 행동에 가슴이 뭉클했습니다. 참 고마운 분이셨습니다.

에베레스트 베이스캠프 가는 길, 토클라의 한 로지에 들어섰습니다. 한국분이 하모니카와 하와이안 기타를 연주하고 있었습니다. 4,620m, 히말라야 산속에 노랫소리가 울려 퍼집니다. 피로가 싹 가시는 황홀한 풍경입니다. 이틀 뒤 에베레스트 옛 베이스캠프에서 우연히 다시 만났

노새를 태워주신 린진 돌체 아저씨, 배려심 깊은 스코틀랜드 아저씨와 친절한 에릭

습니다. 빙하 물을 떠다가 끓였다는 해물 라면도 먹어보고 거기다가 커피까지 한잔 얻어 마셨습니다. 언제 다시 맛볼 수 있을까요 그 맛을.

몇 시간째 콩마라 주변에서 헤매고 있는 저를 향해 맞은편 산봉우리에서 위험하다며 소리쳐 주고 또 친절히 콩마라까지 안내해 준 에릭도 생각납니다. 또 렌조패스를 넘고 어둑해진 길을 내려오다 만난 룽덴의 어느 로지에선 방이 없어 결국 Dining Room에서 자야 했습니다. 한데 바람을 피할 수 있으니 참 다행스러운 일이었습니다. 집은 타메인데 시즌에는 이곳 로지에서 지낸다는 웃는 모습이 예쁜 열여덟 살 파상과 나눈 이야기도 생각납니다.

제 짐을 져 준 포터로 마나슬루에 함께 갔던 머덥도 보고 싶어집니다. 머덥은 스무 살, 어린 나이지만 배려심 많고 과묵하고 듬직한 친구였습니다. 산에서 내려와 버스가 출발하기를 기다리고 있는데 30분이 지나도 운전사는 갈 생각을 않습니다. 옆에 있던 머덥이 말해줍니다. "사람이 차야 갑니다."라고. 머덥의 말대로 10분 후 만차가 되자 차가 출발합니다.

생각 없이 앉았는데 계곡이 내려다보이는 창가입니다. 계곡이 깊은 데다 다져지지 않은 좁은 산길을 버스가 기우뚱거리며 오르락내리락 하는데 너무 무서웠습니다. 이런 저를 보고 머덥이 자리를 바꿔주려고 합니다. 그냥 한번 참아볼 생각이었습니다. "그럼 눈을 감아보세요."라고 머덥이 말해줍니다. 눈앞에 닥친 두려움만 생각했던 걸까요? 그렇게 쉬운 방법이 있는 줄 몰랐습니다. 머덥이 시키는 대로 눈을 감아보니 마음이 편안해졌습니다.

산에서 오래 걷다 보면 종아리엔 알이 배고 발뒤꿈치와 발바닥은 여러 겹으로 물집이 잡힙니다. 그러다 점점 굳은살이 박이고 심할 때는 오른발 엄지발톱이 빠지기도 했습니다. 볕은 뜨겁고 더우며 비는 연신 쏟아지고 벌레는 기승을 부리고 추위와 고소증세로 힘이 듭니다. 로지는 침대 하나가 방 전체여서 신발 들여놓을 공간도 없습니다. 잠자리, 씻는 것, 먹는 것, 뭐 하나 편한 게 없는데도 또다시 산을 오르는 이유는 무엇 때문일까요? 산에서 내려와 며칠 지나고 나면 산에서 힘들고 어려웠던 일은 금세 잊어버리고 맙니다. 그러면 다시 산이 그리워지기 시작합니다. 어느 시인의 시 제목처럼 산은 제게 '선천성 그리움'인가 봅니다.

대부분 혼자서 산행을 하다 보니 짐은 온전히 제가 져야 했습니다. 산행을 계획하면서 짐을 꾸리고, 산행 중 날마다 짐을 싸고 다시 풀고, 집으로 돌아와 짐을 풀면서 제 짐도 제 삶도 더욱 간소해져야겠다는 생각을 하게 되었습니다. 산에서도 그리고 자주 이사를 다니면서도 또 여행하면서도 가장 많이 한 생각이 아닐까 싶습니다. 그러나 제 가방은 여전히 무겁습니다. 하지만 더 많이 꾸리고 싸다 보면 더욱 간소해지고 가벼워질 거라 생각합니다.

사람들은 저마다의 짐을 지고 자신에게 주어진 인생길을 갑니다. 짐이 무거워 고통스러울 때도 있고 길을 잃고 헤맬 때도 있습니다. 그렇다고 가던 길을 멈출 수는 없는 일, 산에서도 마찬가지입니다. 점점 고도가 높아지고 오르는 것이 힘들 때면 반걸음으로 걷습니다. 그래도 힘들면 한참 쉬었다가 겨우 한 발 떼기도 합니다. 때론 아주 천천히 한 발 한 발 내디디며 한 치 앞만 보고 가야 합니다. 느리긴 하지만 그래야 다다를 수 있습니다. 힘들지만 가야 하는 길입니다.

지도가 있어도 때론 길을 잃게 됩니다. 가까운 길이 있어도 자주 돌아갑니다. 제가 선택한 인생의 길도 그렇습니다. 하지만 그 길을 선택한 것에 대한 후회는 없습니다. 다만 있어야 할 자리에 있는지, 해야 할 일을 하고 있는지를 생각할 뿐입니다.

마나슬루 서킷과 칸첸중가 베이스캠프를 다녀오면서 든 생각입니다. 산은 오르고 싶다고 해서 오르는 게 아니라 산이 받아줘야 한다는 것을 말입니다. 히말라야를 여러 번 오르고서야 깨닫게 되었습니다. 더욱 겸손해져야겠습니다.

너머스떼, 꼬빌라 선생님!

닫는 글

글을 써 놓고 보니 못다 한 이야기들이 더 많은 것 같아 아쉬운 마음부터 듭니다. 또 써 놓은 글을 다시 읽으면서 지나칠 정도로 열정이 넘쳤었구나 하는 생각도 들었습니다. 네팔 사람들과 부딪치면서 열심히 살았던 흔적들이라 가감 없이 그대로 쓰고 싶었습니다. 네팔과 학생들에 대한 애정이 너무 컸던 탓이었을까요, 미운 정 고운 정이 많이 들어서 이 순간에도 다시 그리워집니다.

한국어를 함께 공부했던 학생들의 대부분은 한국에서 학업으로 또는 노동자로 살아가고 있습니다. 한국으로 가는 것이 꿈이었던 학생들은 이미 하나의 꿈을 이루었습니다. 지금은 새로운 목표와 또 다른 꿈을 이루기 위해 열심히 노력하고 있습니다. 저는 요즘 시간이 날 때마다 학생들의 일터를 찾아가곤 합니다. 한국 사람들과 잘 어울려 일하고 또 잘 살고 있는 모습을 볼 때면 학생들이 대견스럽기까지 합니다. 네팔에서처럼 한국에서도 학생들을 만나는 즐거움이 계속 이어지기를 희망해 봅니다.

맡은 바 임무를 다하고 무엇보다 안전하고 건강하게 한국으로 돌아와서 무척 기쁩니다. 위험한 상황이 여러 번 있었는데 그때마다 살려주신 하나님께 감사드립니다. 또 작은 꿈 하나를 꾸었고 기회가 찾아와 그 소중한 꿈을 이룰 수 있었습니다. 학생들을 가르치는 일로 봉사할 수 있도록 기회를 주신 KOICA에 이 자리를 빌려 감사의 마음 전하며 네팔에서 함께했던 모든 분들께도 또한 감사의 마음 전합니다.

해외 봉사 활동을 하러 가겠다고 결심하고 도전했던 것처럼 글쓰기 또한 저에게는 큰 도전이었습니다. 글솜씨는 없지만 그래도 부지런히 써서 한 권의 책으로 엮었습니다. 부끄러운 마음이 앞서지만 이 또한 삶의 한 과정이라 생각하며 부족하나마 세상에 내놓습니다.

누군가의 책 제목처럼 '생애 최고의 날은 아직 살지 않은 날들'이라고 생각합니다. 하고 싶은 일, 해야 할 일에 대해 다시 꿈꾸어 봅니다. 끝까지 읽어주셔서 감사합니다.

너머스떼, 당신 안에 있는 신에게 인사드립니다.

2014년 가을
전미영